JN138450

歌狂人 卍　短編集

歌狂人《かきょうじん》 卍《まんじ》

毒もみの好きな市長さん

櫂歌書房《とうかしょぼう》

みかんを題材にした、地域発人間ドラマの構想を練っていた。脱稿した拙作を、今年92回目の命日を迎えた、崇拝する稀代の換骨奪胎作家・芥川龍之介に捧げる。

「ミカンと無線塔」

歌狂人　卍

長崎県佐世保市の南に、針尾という地区がある。知る人ぞ知る西海ミカンの産地だが、周辺でミカン畑以上に目立つのが3本の無線塔。建てられてもう100年近くなるのに、目立った衰えも見せず、地域の守り神のように広大なミカン畑を見下ろしている。

民宿にて

民宿の玄関を出た江上敬子が右方向を臨むと、そこには快晴の空をバックに、2年前と変わらぬ懐かしい山が見えた。山といっても、富士山や阿蘇山を指す山ではない、3本の塔が偶然に造り上げた漢字の「山」だ。高さが同じ136mの塔が3つ並ぶだけでは山に見えないが、真ん中の1本を高く、両脇の低い2本が均等に距離を開けた場合だけ山を成し、底辺の横線を並んだ森林で結ぶ。どこからでも目に付く無線塔だが、堂々と空に「山」を書く地点は高台に在るここだけと、民宿の女将さんが自慢していた。2年前に見た時は秋、そして曇天だった。

待ち合わせまで時間がある。敬子は庭の端まで歩くと、壁越しに周囲を見渡した。遠くに西海橋、すぐ近くに高速のインターが見える。収穫が終わった2月のミカン畑は、既に寒色に連なっていた。

浜松市で暮らす敬子が、広田から連絡を受けたのは5日前。一瞬朗報か、と胸を躍らせたが、広田は落ち着いた口調で「話がある。来て欲しい」。日にちを指定したので、正直落胆した。いかにポジティブに解釈しても、失踪した姉・早苗の消息に繋がる情報とは思えない。「用件はお越し頂いてから話す」と要請を受けて昨日、再び佐世保に来た。

同じ頃、隣町にある国民宿舎の窓から、崎岡静代は眼下の海を眺めていた。対岸の先に見える不揃いの塔は、知らない人が見たら工場の煙突が3本、建っているように見えるだろう。一昨年、夫の車が崎戸町の海中に沈んでいたとの連絡を受け、慌ただしく大瀬戸署に駆け付けた。引き上げられた車を確認すると、間違いなく夫・清彦の車だったが、夫の遺体は発見されなかったという。立ち会った署員に、夫が針尾地区に滞在していたことを伝え、刑事と一緒に手掛かりを求めて訪れた先が広田蜜柑園だった。その時、初めて園主の広田と会い、夫の行動や生活態度を聞いた。静代は現地に数日間留《とど》まり、夫に関する情報を待ったが、行方は掴めず仕舞い。鹿児島市に戻り2年。空しく過ぎて行く月日の流れに、夫の生存を諦めかけていた時、広田から突然連絡があった。「話があるので来てください」。広田の沈んだ声に、夫の有力情報では無いと悟ったが、招きに応じて行くことに決めたのだ。

回想

敬子は庭に立つと、もう一度山を見た。そして初めてこの地を踏んだ2年前を回想した。

地元の人に教えられたミカン畑に着くと、4~5人でミカンの収穫中だった。皆無言で作業をしており、長閑《のどか》な畑にハサミの音が小気味よく響いていた。恐縮し用件を告げ、代表の城間さんに面会を乞うと、農協のキャップを被った60代の男性がこちらを向き、私の方へ歩いてきた。誠実な人だと直感した。私が遠慮がちに訪問の内容を説明すると、暫く聞いていた城間さんは、徐《おもむろ》に語り出した。

「僕たちも、ずっと気にかけています」

そう言うと、城間さんは私にアウトドア用の椅子を勧め、自ら先に腰掛けた。

「・・・お姉さんがウチに来たのは、去年の今頃でした。・・・さすがに姉妹。あなたはお姉さんに良く似てらっしゃいますね」

じーっと見つめられ、私は目の遣り場に困った。

「国道沿いにある別の畑で休憩中、よそ者らしき女性が声をかけてきた。それがお姉さんでした。ミカンが好物なので、少し分けて頂けないかと。そこで3～4個差し上げた。すると、昼休みにまた来た。今度は言い難《にく》そうに、お願いがあると言う」

『あの・・道の駅で聞いたのですが、この地区は今がミカンの収穫期で、どこのミカン農家もネコの手を借りたいほどの忙しさとか。・・・お手伝いさせて頂けないでしょうか？』

『どちらにお住まいですか?』

『まだ、決めておりません』

『・・・どこからいらしたのですか?』

『浜松の方から・・・』

『! 静岡から? 何しに、こんな辺鄙《へんぴ》なところへ? ご家族は?』

『・・・』

「それからは何を聞いても、言葉に詰まったり、無口になったりで、さっぱり話が進まない。明らかに事情《わけ》ありだ。家出でもしてきたようだ。そう読んだ僕はお断りした。お姉さんは肩を落とすと失礼を詫び、国道を下って行った。様子を見ていた家内が、『ちょっと・・・』と目配せし、畑を離れてお姉さんを追った。ここで城間さんは話を中断し、捥《も》ぎたてのミカンを数個、カゴから出して私にくれた。

「良かったら、どうぞ。お姉さんが好きだった品種です」

私はお礼だけ言い、話の続きを早く聞きたくて、城間さんの口が開くのを待った。

「暫くして戻って来た家内は、『数カ月だけ面倒を見てあげられん？』と、僕に懇願した。家内の話では、お姉さんは暴力団組員の旦那から逃げ出したらしいですね」

城間さんは、私の反応を窺った。

「その通りです」

「何度逃げ出しても、元の旦那は行先を突き止め、連れ戻されては暴行を受けたと」

「義兄《あに》の執念深さは常軌を逸《いっ》しています。姉の手首には、男からタバコの火を押し付けられた痕が何カ所かあります」

最初は義兄《あに》と呼んだが、現在はたった一人の身内を脅かす獣の化身である。私は途中で「男」と言い替えた。

「悪い奴に引っ掛かりましたね。あなたは大丈夫ですか？」

「私に危害は加えませんが、執念深いあの男は姉の行方を探し出そうと、躍起になっています」

「ここまで尾《つ》けられていませんか？」

「それは大丈夫です。用意周到にアパートを出て、バスや地下鉄を乗り継ぎ、途中下車を繰り返しＪＲで来ましたから」

「『蛇の道は蛇』。その類《たぐい》の関係者なら、地方にも網を張っているもんですよ」

「警察にも一応、相談していますし、あまり表立った行動は取らないはず・・・」

「普段、連絡はどうやって取ってたんですか？　携帯で？」

「携帯電話は着信履歴が残るので、姉は既に解約しています。固定電話は盗聴される恐れがあり、連絡はオーソドックスに郵便を利用しています」

「その方が、反《かえ》って足が付くのでは？」

「一度、アパートの郵便受けをこじ開けられたことがあります」

「・・・」

「今は専《もっぱ》ら、同僚の自宅宛てに郵送させ、手紙は職場で直接受け取っています。読み終えたら、事務所のシュレッダーで処分します。城間さんのことは文面で知りました。あ、申し遅れましたが、私は市内の楽器メーカーに勤めています」

私はここで一呼吸置き、城間さんに頂いた地元のミカンを初めて口にした。

「甘ーい」

静岡もミカン県だが、ふるさと産とは違う甘さに舌鼓を打った。一個食べ終える間、城間さんは目を細めて私を見ていた。

「これ、何という品種ですか？」

「これは『権常寺』といって、濃い甘みに定評があり、主に関東方面に出荷されます」

私は話を本題に戻した。

「それで、姉は？」

「僕たちは事情を酌み、離れに住まわせることに決めました。但し期間は3か月。

ミカン収穫のお手伝いという条件付きで。早苗さんは喜んでいました」

「お役に立ちましたか？」

「よく働いてくれましたよ。家内の実家『広田蜜柑園』もミカンを作っていますが、繁忙期はどこも人手不足。早苗さんは休日を取らずに手伝ってくれて、義兄《にい》さんも大助かりだと感謝していました。義兄さんの口利きで、畑作業が無い日の生活費稼ぎにと、道の駅のアルバイトを紹介したほどです。早苗さんは人目に付くのを恐れ、店頭販売ではなく裏方の作業を任されていました。真面目で丁寧な仕事ぶりを社長は褒め、他のスタッフからも信頼されていましたよ」

「妹の私が言うのも何ですが、姉は他人から好かれるタイプです。人が良すぎるのが短所でもあります。誰でも信用してしまうところを巧みに付け込まれ、利用する輩《やから》が現れる。あの男みたいに・・・」

「約束の3か月が近付く頃、僕たちは早苗さんに言いました。もっと居ていいんですよ、ってね。2月は閑散期でも、道の駅では安定した仕事が有り、社長も早苗さんに滞在の延長を勧めました。幸い男が現れる様子もなく、毎日店に出かけていました。そして一年経って、・・・3週間ほど前、ふっと居なくなった。神隠しに遭ったみたいに。なあ・・・」

側に来ていた奥さんに城間さんが相槌を求めると、奥さんが続きを喋った。

「朝、離れに行くと、早苗さんの姿が見えなかった。ドアは開いたままで。おかしいと思ったけど、あまりプライバシーに立ち入るのも良くないし・・・」

「散歩に出かけたか、お仕事先に行ったのでは?」

「あたしたちも早番出勤を考え、道の駅に電話してみたけど、誰も出勤していないという・・・取り敢えず、一日だけ様子を見ることにしました。でも、夜になっても戻らないし、連絡もなかった」

「それで?」

「翌日、持ち物を調べると、旅行カバンが消えていました」

城間さんが口を挟んだ。

「男が現れるのを察知して逃げたか、見つかり無理に連れて行かれたか、と思いました。旅行カバンに衣服を詰め込む時間だけ与えられてね」

「それっきり、姉は・・・」

城間夫妻は返事の代わりに項垂《うな》れた。夫妻は作業があるので、その場はそれで失礼し、改めて夜自宅にお邪魔することにした。


夕食後、真理子さん（城間さんの奥さん）が、姉のことを語った。

「こんなことがありました。畑で作業中、早苗さんが手を止めて枝を覗き込み、ぼうっと見入っていたので、気になって尋ねました」

「どうかしたと？」

問いかけには応えず、涙ぐんでいたのです。

「私ってミカンみたい。いいえ、ミカンは私みたい・・・」

きっと、ミカンをご自分に重ねていたのでしょう。

「ミカンは、人間からちぎられまいと葉っぱに実を隠す。それでも容赦なく人間はハサミの刃先を向け、ミカンを掴み、切ろうとする。絡まった蔓《つる》で切り口をカムフラージュしても、逃げようと抵抗しても、執拗に襲いかかる。そして最後には捕まって切られてしまう。ミカンは枝にしがみつくだけで、所詮逃れることが許されない運命なのね・・」

私には、男の魔手に怯える早苗さんの胸中が痛いほど伝わりました。

「・・・あの男のことね」

すると早苗さんは小さく首を振り、「父です」と呟いた。

「彼女は男に怯えていただけではなく、父親からも虐待を受けていたのですね？」

私は事実を洗いざらい話した。

「私たちが小学生の時、父の暴力に耐えかねた母は母娘心中を図りました。服毒自殺です。亡くなったのは母一人。私たち姉妹は致死量に至らず、助けられました。然し退院すると、今度は父が姉に手をかけるようになったのです」

「あなたには？」

「父は、私には普通に接しました」

「なぜかしら？」

「多分、姉が母に似ていたからでしょう」

「それから？」

「私たち姉妹は叔父の家に預けられました」

「・・・」

「叔父は、二人とも高校は出させてくれましたが・・・」

「どうしたん？」

「私たちが中学生になると、叔父の、姉を見る好色な目付きに異常を感じました」

意味を悟った奥さんが溜息を洩らした。

「あー」

「大人しく内気な姉が出すＳＯＳを察知してから、叔父宅では極力、私は姉の側にいるようにしました。外でもなるべく姉に付き添い、叔父の動向に目を光らせました」

「叔母様には？」

「言いません、言えません」

「・・分かるわ。でも早苗さんは、せめてあなただけには、事実を伝えたのでは？」

「決して（姉は）言いませんでした」

「辛かったでしょうね？　早苗さんも、あなたも・・・」

「高校を出ると、姉は社員寮のある地元の楽器工場に製造職で雇用され、叔父の家を出ました。私も卒業すると、姉は待ち構えていたようにアパートを借り、２人で生活するようになりました」

奥さんはホッとした表情を浮かべた。

「私も、姉の紹介で同じ会社に事務員として就職できました」

「良かったね。これで、やっと・・・」

「それからは、姉の笑顔を見る機会が増えてきました」

私が平穏な暮らし振りを語り終えると、予期していた質問を奥さんから受けた。

「それで、ご結婚は？」

「私はずっと独身のままです・・・今年47歳になりますが。2つ違いの姉も男性に対してトラウマになり、未婚を貫いていました。しかしショッピング中、姉はある男に親切にしたのがきっかけで、目を付けられてしまった。そして交際を迫られ断れなかった。男を信用したばっかりに、付け入る隙を与えてしまった。いつのまにかズルズルと・・・」

「それが組の関係者・・・」

私は頷いた。

「式も挙げず、やがて男の家で新婚生活を始めた姉・・・男が優しかったのは最初だけ。次第に、少しずつ・・・」

「本性を現したんやね」

もう一度、私は頷いた。

「行動スタイルが普通ではなく、時折男が使う『凌ぎ』とか『上納金』の言葉に、違和感を持った時はもう遅かった」

「怖いわねえ。後は想像がつくわ・・・あ、兄さん！　来とったと？」

振り向くと、背が高く細身で70歳前後の広田さんが廊下に立っていた。

広田さんが畳に胡坐《あぐら》をかいた。

「こんなことがあったのう。『カラオケに行った時を覚えとるか？』」

広田さんが妹さんに確かめた。

「早苗さんが歌ったのが『みかんの実る頃』。上手でも下手でもなかったが、実に延び延びと歌っとった。わしもこの歌が好きで、一緒にマイクを握った」

私は歌詞をなぞった。

「『青いミカンが実った　ふるさとの丘に　今年も取り入れの時が　来たのよ——』。姉が大好きな歌です。フルーツではミカンが一番好きな姉は、穏やかな秋の昼下がり、家族総出でミカンをちぎる、和気あいあいの情景が浮かぶのだと、いつも私に話していました。理想の家庭像だったようです」

「幾つかレパートリーはあるようじゃったが、時々歌う、日吉ミミの『人の一生かくれんぼ』。あれだけは上手に歌っとった。実感が籠っておった」

「それは初耳です」

「妹さんには披露しなかったと見える」

「暗い宿命《さだめ》を歌った曲だから、敢えて私には聴かせまいとしたのかも。姉はそういう人ですから」

私は、歌詞を想い出してみた。

「人の一生　かくれんぼ　あたしはいつも　鬼ばかり　赤い夕日の　裏町で　もういいかい　まあだだよ」。追われる運命を背負った姉だが、逆に何か追いかけたものがあったのだろうか。みかんの花言葉のひとつが、「花嫁」だと二人で調べたことはあったが、好きな人がいたと聞いたことはない。私には、姉が求めるものがあるとすれば、ささやかで幸せな居場所ぐらいしか思い付かなかった。

「早苗さんを花見に誘った日、弁当に一片《ひとひら》落ちた桜の花びらを掌に載せると、枝を見上げた早苗さんは、深刻な表情で、『春近し頃、人は皆桜の開花を待ち望み、綻べば満開の花の下で宴を催す。散り際には十日間咲き続けた花々を労い、別れを惜しむ一方で、ミカンはと言えば、折角各枝にこぼれるほどの蕾を膨らませても、誰も関心を寄せぬばかりか、開花前さっさと、農民が蕾を削ぎ落す哀れな宿命。残され、落とされて、・・・ミカンはどっちが幸せなのかしら・・』。万葉の歌でも詠むようにひとり言。早苗さんは摘蕾《てきらい》のことを言っとったのじゃ。摘蕾とは、木の養分の浪費、つまり体力の消耗を防ぐため、蕾を早めに摘むことじゃが、去年の5月、初体験した作業の様子を思い出し、桜の花にミカンをダブらせとったのじゃ。早苗さんは、本当に微細な心の持ち主だと思うた・・・」

広田さんは長居せずに帰った。実妹から私が来ていることを聞き義務的に来ただけで、あまり気乗りしていなかった様子が窺えた。ひと通り話が聞けたので、私もお暇しようと城間夫妻に最後の質問をした。

「他に、何か変わったことはありませんでしたか？」

奥さんが即答した。

「あるわ」

「・・・」

「アンデスがいなくなったこと」

「アンデス？」

「愛犬です。オスの雑種ですが」

「長く飼ってらっしゃったのですか？」

城間さんが代わって説明した。

「4年前、山（畑）で摘果作業中、イノシシとウリ坊が突然、真昼間に現れました」

「ウリボウ？」

「イノシシは子どもの頃、体に出る縞模様が野菜の瓜に似ていることから、ウリ坊と呼ばれます。夜間は柵に通電させているので近付きません。明るいうちは出て来ない習性があるので、電源を切ることがあります。そこを狙ってきたか、隙間から穴を掘って入って来たんでしょう。奴らは腹を空かせていますからね」

「どこにでもイノシシはいるものですね」

「偶然そこにいた一匹の野良犬が、反射的に気付き、吠え、追っ払おうとした。母イノシシは踵《きびす》を返して山道を駆け上がり逃げた。ウリ坊たちも続いた」

「・・・」

「が、ウリ坊の一頭が転び、起き上がるのが遅れ、犬が追い付いた」

「・・・」

「すると、危険を察した母イノシシがUターンし、犬に突進した」

「うわぁ」

「犬の三倍はあるイノシシから体当たりされちゃ敵わない。下り坂で加速しているし」

「・・・」

「転げ落ちた犬は、畑の畝《うね》で蹲《うずくま》った。その隙にイノシシ親子は逃げた」

「（犬は）どうなったのですか？」

「すぐに立ち上がったが、動きが鈍くなった」

「良かった！　あたしも姉も、犬が大好きなのです。でも・・・」

「僕はすぐ、獣医に連れて行った」

私は結果が気になった。

「外傷は無いとの見立てに安心したが、犬は後ろ右脚の関節を痛めており、歩行が若干困難になるという」

「あー・・・」

「僕たちは犬の面倒を見ることにした。名前は白い毛と穏やかな顔立ちが、南米の山岳地帯に棲むリャマにそっくりなので、アンデスと名付けました」

「お二人は本当に優しい方ですね」

「だが獣医の言った通り、後遺症が残りました。自宅周辺での平地散歩には不自由しませんが、長い距離になると歩き疲れるようで、上下坂道ともなれば、びっこを引くことになります」

「可哀そう」

「山には連れて行けませんが、番犬としての役目は充分に果たすので、僕たちは可愛がりました」

今度は奥さんが言った。

「早苗さんに、とても懐《なつ》いていました」

城野さんが同調した。

「うん、早苗さんだけには警戒心を見せなかった」

「・・と、いうと？」

「アンデスは、初対面の人には必ず吠えるのに、早苗さんには吠えなかった」

「・・・」

「僕たちは感心しました。動物ってやっぱり人を見るんだな、ってね」

「・・・」

「心に深い傷を負った者同士、通じるものがあるのだと話したものです」

「人間と動物に境目はないということでしょうか」

「早苗さんは、よくアンデスを散歩に連れて行き、遊び相手になっていました。親身になって世話していましたよ。アンデスが最も喜んだのがキャッチボール」

「キャッチボール・・・」

「テニスボールを地面で転がし合う遊びです。・・・あれ？」

城野さんが思い出し、奥さんに尋ねた。

「そう言えば、あのボールはどうしたのだろう？」

「ホント！　いつの間にか見なくなったような・・・」

「ボールを見なくなったのは、確かアンデスがいなくなってからだ」

「アンデスが咥《くわ》えていった、としか考えられんよね」

テニスボールの行方よりも、私は姉とアンデスの方が気になった。

「姉とアンデスは、同時にいなくなったのですか？」

「いや、アンデスがいなくなったのは、早苗さんが失踪してから数日後でした」


静代も出発前に国民宿舎のテラスから無線塔を臨み、広田と初めて会い、夫・清彦の生活振りを聞いた2年前を回想していた。

「わしが、無線塔でガイドをする知人に用事があって案内所へ寄った時、熱心に塔を見学する男性がいた。かなり長時間、案内板や記念史跡を眺めては、しきりにメモを取っておった。わしよりまだ若く還暦を過ぎた辺りの、学者風に見えた。わしの方から声をかけたのがきっかけじゃ」

「・・・主人はK大学で教授をしておりました」

「確か、専門は地震工学と言っておったが・・・」

「そうです」

「声をかけると、崎岡さんは『ニイタカヤマノボレ１２０８』。太平洋戦争の開戦で、無線暗号を中継した塔があるとスマホで調べ、針尾に来たのだと、動機を語った」

「主人は大学を定年退任後、日本各地の戦跡を探訪してみたい、釣り三昧の人生を送りたいと希望して家を出ました。特に広島県・呉市の『戦艦大和ミュージアム』行きを楽しみにしていました」

「崎岡さんは、始めのうちは暗号電文、打電した戦艦・長門との位置関係や距離、真珠湾の天候とかに関心を示していたが、次第に無線塔本体の高さや、コンクリートの厚さ、本数、耐用年数にまで、細かく惹かれた様子でわしに質問したが、わしに判る訳がない。ボランティアガイドたちもそこまで学習しておらず、音を上げとった」

「学者魂に再び火が点いたのです」

「翌日も無線塔に来ておった。2～3日すると、また来とった」

「主人らしい・・・」

「道の駅でも崎岡さんと顔を合わせた。狭い地域じゃからな。聞けば西海橋周辺で、先日チヌやアラカブを釣り上げたとご機嫌だった。そして頼みごとがあると言う。ここが気に入ったから暫く滞在したい、簡易の宿泊施設を知らないかと」

「主人は、機会あればいつでも釣りができるよう、釣り道具一式を車に積んでいました。携帯電話でも、いい場所（漁場）を見つけたとはしゃいでいました」

「民宿を勧めたが、戸建てがいいと望むものだから、相談してみるよう無線塔の管理者を教えた。以前、夜の案内所に泥棒が入ったことがあり、宿直員を探していると管理者が言っとったのを思い出してな。生活するには狭いが、光熱設備が整っていて寝泊まりはできる。早速、管理者にお願いして話がまとまったようじゃ。後で管理者に聞いたら、崎岡さんは自らボランティアガイドを申し出、その代わり宿泊代は無料《ただ》にしてくれと交渉してきたとか・・・」

　私は赤面した。

「こうと決めたら、周りに有無を言わさぬ強引なところがありまして・・・」

「ガイドは当番制なので、暇ができれば西海橋の下流へ磯釣りに出かけ、ボートの所有者と仲良くなっては、沖に連れてって貰っていた。車を飛ばして外海に行くこともあった」

「私にも、日々満喫している様子を伝えていました」

「一度、『鹿児島に帰らんでええのか？　奥さんが待っとるだろうに』。聞いたが、本人曰く、妻とは離婚して今は独り。両親は健在だが、時々は連絡しているから大丈夫という。生活にも余裕が感じられた。あれは嘘だったのか。こんないい奥さんがいながら・・・」

　私はびっくりした。

「そんなことを申しておりましたか？　週に一度連絡するから、好きにさせてくれと言って利《き》きませんでした。お恥ずかしい限りです」

「ふむ」

「あの、居なくなった時のことは・・・」

「それは判らん。ガイド仲間も、知らんと言っとった」

私は自分の車に、夫の残した生活用具を積んで鹿児島に戻ることにしたが、挨拶のため大瀬戸警察署に寄ると、意外な情報が齎《もたら》された。同じ頃、同じ針尾地区に滞在していた江上早苗という中年女性も失踪しており、その行方を捜索中で、御主人と繋がりがないか、心当たりはないか、署員は言い難そうに聞いてきた。これまで主人に浮いた噂はなかったが、鹿児島に戻って以降、心の片隅に、“もしや”とか“さては”の怖れを払拭できないまま、夫を待った2年間だった。

再会

敬子を乗せたタクシーが無線塔に着いた。約束の時刻まで1時間近くあり、広田の姿はまだ無い。敬子は今日、明るいうちに見ておきたいものがあった。海岸線と太陽だ。昨日の夕方、佐世保に向かうローカル電車の中で、ゴットンゴットンと車両が軋《きし》む音に耳を傾け、突然閃いた光景をイメージしたくなったのだ。

読書好きの敬子が高校生の頃に読み、その情景を脳裏に刻んだ小説があった。芥川龍之介の「蜜柑」だ。ミカンと汽車、そして夕陽、この三つがキーワードになり、記憶を呼び覚ました。これは龍之介自身が、沿線で目にした情景を描写した掌編である。

龍之介の乗った汽車が地方の駅に停車すると、一人の女の子が乗車した。みすぼらしい身なりから、女中奉公に出されたのだろうと察した。発車すると、女の子はいつのまにか著者の前に来ていて窓を開けた。ある地点に差し掛かると、女の子は風呂敷包みから取り出した数個のミカンを、窓の外に投げた。驚いた著者が外を見ると、線路沿いで子どもたちがミカンを拾っていた。著者はおぼろげに状況が呑み込めた。弟たちが都会に旅立つ姉を見送ろうと、線路で汽車の通過する時間を待っていたのだ。ミカンは、その健気な弟たちへの贈り物だったのだ。

本文に書かれてはいないが、敬子は想像した。そのミカンは、母親が娘の奉公先でのおやつに持たせたのだろうと。貧しい時代である。他の子らに見られないよう、こっそり受け取った姉が、弟たちとの別れに見せた優しさなのだろう。この女の子は幸せな人生を掴んで欲しい、そう祈ってページを閉じた。それを姉の早苗に重ねた記憶が甦った。

一方マイカーで来た静代は、農道への入り口が判らず、道を聞こうと車を停めた国道沿いの売店で、巡回中の若い警官に教えて貰った。

無線塔へ行く目的を聞いた若い警官は顔を紅潮させた。「広田さんはとても人望のある方ですよ」。前置きし、地域住民を始め誰からも広田さんは信頼を得ていると雄弁に語った。説明によれば、長く地区の民生委員を務め、総代も経験しているという。警官もこの駐在所に赴任して以来、何かあれば相談し、頼りにしているそうだ。静代も前回会った際、確かに広田の面倒見の良さを感じていた。警官にお礼を言い、無線塔に着いた静代は、丘のミカン畑に立つ2人の人物を確認した。

広田は初対面同士の敬子と静代を引き合わせた。2人の女性はそれぞれ、招かれたのは自分1人だと思い込んでいたので、少々面食らった。

岩と呼ぶには小さな石が3つ置かれた丘の畑に、広田は椅子と飲み物を3つ用意した。3つの無線塔が結ぶトライアングル。そのほぼ中央にある面積の狭いミカン畑。そこに顔を合わせた3人という組み合わせに、敬子は因縁というか予感めいたものをキャッチした。

懺悔《ざんげ》

広田は椅子に腰掛けると、目を瞑《つむ》り、絞り出すように口火を切った。

「家内が亡くなりました」

敬子がお悔やみの言葉を述べ、静代がすぐ確認した。

「確か、膠原《こうげん》病だと仰《おっしゃ》ってましたね。いつ？」

「ふた月前ですじゃ。先週、四十九日の法要と納骨を済ませたばかりです」

敬子は、一昨年に妹さんから聞いた話を思い出した。当時奥さんは入院中で、広田が甲斐甲斐しく世話していたこと、最早《もはや》完治の見込みがないことも。

「そして、ついにワシにも・・・年貢の納め時が来た」

女性2人が顔を見合わせた。

「最近、臍《へそ》の上、左半身が締め付けられる痛みに襲われ、病院に行くと、膵臓が癌に冒されていると診断された。医者ははっきり言わんが、相当ステージが進んでいるらしい」

静代は咄嗟に、先ほどの警官との会話を振り返った。これほど慕われている人にも、容赦なく襲う不幸。奥さんのみならず、広田さんにも病魔が忍び寄る現実。これが自然の摂理なのだと。良く見れば、広田さんは以前より痩せていた。

「今こそ包み隠さず話し、懺悔する時だと悟り、お二人を呼んだ。聞いてくださされ」

ペットボトルの茶をひと口飲み、広田はゆっくり語り出した。

「早苗さんと崎岡さんは・・・わしが殺した」

2人の女性が同時に広田を見た。「まさか!」の表情で。

「夜遅く、家内が入院する病院からの帰りじゃった。寺を通り過ぎた辺りで、崎岡さんを見た。妙な予感がしたので、奥に車を止めて引き返した。石垣から覗くと、本堂の階段に崎岡さんと早苗さんが座っておった」

広田はどう説明すべきかと、続きの言葉を探した。

「声を落とし、ヒソヒソ話をしていたが、会話の内容から、２人が深い関係になっているのが判った。会話が途絶えたので様子を見ると、２人は抱き合い、唇を重ねておった。わしは目の前が真っ暗になり、頭が真っ白になり、顔が真っ青になった」

敬子と静代は眉を顰《ひそ》めていた。広田の、しきりに動揺を抑えている様子が伝わった。

「聞き耳を立てるわしに、早苗さんの声が微《かす》かに聞こえた。『こんなところじゃ・・嫌』と。いたたまれなくなったわしは、その場を離れた。わしはその晩、一睡もできんかった。両耳に、『こんなところじゃ、嫌』という言葉がしっかりとこびり付いて離れんかった」

敬子は同情した。

「姉は、淋しかったのかも・・・」

静代の方は、“もしや”が現実だったと知り、俯《うつむ》いた。

「数日経った夜、妹夫婦が宴会に出かけた後、わしは早苗さんを自宅裏の選果場に呼んだ。そして、崎岡との交際をやめる様に進言した。早苗さんは驚いた。どうして知っているのと。崎岡には鹿児島に奥さんがいることを教えた。だが早苗さんは、崎岡が離婚していると信じ切っていた。わしは見たままを話した。崎岡が週に一回、必ず静代さんと連絡を取り合っている事実を」

静代が両手で顔を覆った。

「早苗さんは信じなかった。真面目に崎岡との再婚を考えていたのだ。そして気付いた。わしも早苗さんに惹かれていたことを。わしは口説いた。家内はもう長くない。その時が来たら、わしと一緒になってくれと。わしがあんたを守ってやる。あの男が嗅ぎつけて来ても、わしが命に代えて守ってみせると。あんたの好きなミカンを作って暮らしていこう。あんたを、最後に幸せにしてやれるのはわししかおらんと・・・」

興奮した広田は、気を静めようと咽喉を潤したが、お茶は口からこぼれた。

「だが、頑《かたく》なに早苗さんは拒んだ。すっかり崎岡に洗脳されておった。わしは早苗さんを自分の物にしようと、早苗さんを抱き寄せた。早苗さんは抵抗した。わしは早苗さんの衣服を剥いだ・・・」

敬子は「聞きたくない」。顔を震わせた。静代は茫然と聞いていた。

「早苗さんは叫んだ。『もうイヤ！もう、全部イヤ、イヤ・・・殺して！』と。すると、あの晩早苗さんが崎岡に洩らした、『こんなところじゃ、嫌』という言葉が急に甦《よみが》った。それは崎岡とならホテルに行くし、よその町なら暮らせるという意味か。わしが住むこの針尾は気に入らぬということか。わしが生まれ育ったこの里山を拒否するか。頭に血が上り、疾《と》うに前後の見境を失くしていたわしは、服を脱がす両手を彼女の首に移動した。泣き喚《わめ》く彼女の首に力を入れた。・・・・我に返ると、彼女は息をしていなかった」

「あなたは狂ってる」。敬子が泣き出した。

「わしは愕然とした。初めて人を殺《あや》めた罪の重さを知って。これは悪夢だ。覚めろ、覚めてくれと、早苗さんの身体を揺すったが、蘇生してくれなかった」

「遺体はどうしたのですか？」

「わしは周りを見た。誰も見ている者はおらん。いや、選果場の窓から無線塔が一本、見ていただけだ。息子たちの帰りも遅い。死体をコンテナの後ろに隠して選果場のシャッターを下ろした。そして、数百メートル先にある妹の家へ急いだ。離れの早苗さんの部屋で、早苗さんの旅行カバンに衣類を詰めて選果場に持ってきた。一人で失踪したか、男が連れていったと見せかけるために。次の朝早く、軽トラの荷台に早苗さんを乗せて畑へ運び・・・埋めた」

「あなた1人で？」

「今はミカン苗木の植え替え時季。畑に置いた小型のユンボ（※）で掘って埋めた」

「それは、どこの畑ですか？」

「・・・ここじゃ。この畑じゃ」

広田が指差した先に、さっき見た石があった。

「この下に！　姉が？」

近寄って石に触れた敬子が、泣き顔で広田を睨んだ。

「酷《ひど》い、惨《むご》すぎる・・・あなたを見損なっていました」

その遣り取りを見ていた静代が、隣の別の石に気付いた。

「もし・・もしや・・・片方の石は・・・」

広田は目元を下げたままの姿勢で頷いた。

「そうじゃ。崎岡さんもその下に眠っておる」

静代も泣き崩れた。

「何で・・・・主人まで」

「わしは崎岡が許せんかった。崎岡はわしに、妻とは離婚している、両親も健康だと嘘を突き通していた。以前崎岡が無線塔の裏で、『生活費は充分あるだろう』とか、『母を頼むよ』と、携帯で話しているのを聞いた。母親の具合も芳しくない様に思えた」

「義母は今、老人介護ホームに入居しています。かなり痴呆が進んでいて・・・」

「いくら退任した身とはいえ、女房をほったらかし、実の母の世話もせず、自由気ままなドライブ行脚《あんぎゃ》。おまけに旅先で出会った女性に言い寄り、自分の物にしてしまう身勝手さは許せん」

「だからと言って、殺さなくても・・」

「わしは、どうかしていた。頭がおかしくなっておった。わしはすぐに、崎岡に作業の加勢を頼んだ。新しい苗木の植え替えを手伝ってくれと、崎岡をここに呼んだ。崎岡には、姿を消した早苗さんのことを案じている様子が窺えたが、わしのたっての頼みを断れず、午前中だけという条件で応じた。わしがユンボを操作してバケットで穴を掘る。崎岡が苗木を植えて土を戻す。この作業を数回繰り返して慣れさせた。隙を突いてバケットを動かし、崎岡の後頭部に一撃かました。崎岡はバランスを崩し上半身を穴に落とした。声は出さず、『何をするんだ！

信じられない』という形相をわしに向けた。わしはもう一撃加えた。崎岡は動かなくなった。止《とど》めに、バケットの底を崎岡の頭に垂直に押し付けて、息の根を止めた」

「・・・・・」

「わしはユンボを移動して、早苗さんの隣に深い穴を掘り、崎岡の死体を引きずり落として埋めた。2人とも上段を頭に、畑を見守る格好で仰向けに横たわっておる」

誰も声を出さなかった。長い沈黙が流れた。

「・・・また1人殺してしまった。すぐに自首を考えたが、家内の世話がある。息子夫婦だけでは覚束《おぼつか》ない。わしは、家内の最期を見届けるまで死ぬに死ねん。自首は先に延ばそうと考え直した。わしは辺りを見回した。幸い目撃している者はいない。空を仰ぐと、無線塔の1本が視界に入った。この物言わぬ3本の無線塔しか犯行を知らんのだ」

敬子と静代は、大切な身内が眠る墓石の傍らに各々寄り添った。

「当日、暗くなって崎岡の車に乗り、崎戸浦まで運転した。あの辺りの潮流は弱い。暫くは見つからんだろうと、死角になる場所、木が生い茂った位置から車をスタートさせて海中に沈めた。だが悪いことはできん。まさか、すぐに発見されるとは・・・」

「(これから)どうされるおつもりですか?」

敬子が問い詰めた。

「もう(警察に)連絡しとるから、パトカーがまもなく来る。わしはここに来る前、派出所に寄った。この時間はいつも、重尾君は巡回中で不在・・・」

敬子は、あの若い警官の名が重尾と知った。

「不在と分かっていたから、伝言を残してきた。今日の4時頃、早岐署に連絡してくれ、わしが無線塔で待っているからと」

「・・・」

「身勝手なようじゃが、メモの端に最後のわがままを記した。『サイレンを鳴らさんで来てくれ』とな。静かな里山にサイレンは似合わん。わしが生まれ、愛したこの山に、けたたましい騒音は不釣り合いなんじゃ・・・」

愛犬とカラス

静代はさっきから、2人の墓石の横にある、幾分小さめの石が気になっていた。広田に聞こうか戸惑いつつ、視線を畑の畝に向けて気付いた。

「あら？」

静代の声に、広田と敬子が振り向いた。

「こんなところに、ボールが・・・」

拾い上げた静代の手を、敬子が覗き込んだ。

「テニスボールみたいですね、色褪せているけど」

「こんなところでテニス？　ここはミカン畑よ。おまけに急斜面。一体誰がテニスするのかしら」

周囲を見渡した敬子が、騒々しい森を指さした。

「あれです、カラスの仕業でしょう」

敬子は以前テレビで放送された、生き物の特集番組を思い出した。ゴルフ場でゴルフボールを咥えて逃げ、学校の手洗い場から石鹸を巧みに盗み出すカラスにとって、テニスコートからボールを失敬するのは造作《ぞうさ》も無かった。

「カラスってそんなに口が大きいのかしら？」

静代が敬子に尋ねた。

「違う・・・」

宙を見ていた広田が敬子の代わりに答えた。

「最初はアンデスじゃ、アンデスがここまで咥えて来たんじゃ」

勘の良い敬子が逸早《いち》く反応した。

「もしかして、これが・・・あれ？」

広田は放心した表情で頷くと、崖下を指した。

「2人の遺体を埋めた翌々日、わしは様子を見にここへ来た。気配を感じて後ろを向くと、そこにボールを咥えたアンデスがお座りをし、ボールを置くと懺悔を促すように、わしをジーッと見上げた。わしの犯行を見ていたのは無線塔だけだが、アンデスもわしの所業に気付いたのだ。動物の直感力はバカにできん。もう隠し通せない。わしは観念した」

広田はまたお茶を含んだ。

「アンデスは不自由な脚を引きずり、自分を可愛がってくれた早苗さんを追い山に登ってきた。ここにいるはずだ。彼女に遊んでもらおうと、テニスボールを咥えて・・・」

敬子は背筋が冷たくなった。

「わしはアンデスに猶予を頼んだ。自首したくても、家内の面倒を看《み》なきゃならんので今はできん。もう少し待ってくれ、とな。その日はアンデスを軽トラに乗せて帰ったが、翌日もわしがここに来ると、アンデスは待っておった。わしを責めるように、またお座りをした。わしはアンデスに再度説得を試みた。『判ってくれ、アンデス！　わしには時間が必要なんじゃ。見逃せとは言わん。待ってくれと頼んどるだけじゃ！』。懇願するわしに、今度は疑心が暗鬼を生じさせた。アンデスは妹夫婦に教えるかもしれない。わしもアンデスとはいつも顔を合わせているし、こいつを見る度に犯行を責められる・・」

ここで広田が突然、目を吊り上げ、女性を交互に見た。２人は反射的に身構えた。

「わしがボールを掴み崖下に投げると、アンデスは動揺した。そして背後からアンデスを抱きかかえ、目を瞑って崖下に放り投げてしまった」

一瞬、静江は両手で顔を覆い、敬子は顔を歪めて罵《のの》しった。

「ひどい！」

「今もわしの耳にしっかりこびりついておる。『キャウウーン』と悲鳴を上げる、断末魔の叫び声が。崖下に転げ落ちた後も、鳴き声が弱々しく聞こえていた」

「よじ登ってこなかったのですか？」

「ここは無理じゃ。いくら四本足でも、這《は》い上がる道がない。況《ま》して、あの身体では・・・」

「生き延びていたかもしれない」

「元気なら妹の家に戻って来るはずじゃ。何日か経ってまたここに来ると、周囲にカラスが群がっており、わしが崖に近付くと、ギャーギャー喚き始めた。下を覗くと何羽ものカラスが飛び回っていた。わしはアンデスがカラスの餌食になったのが分かった。いや、カラスだけではない。イノシシに食われたかもしれない」

二人の女性は蒼ざめていた。

「端にある小さめの石・・・それがアンデスの墓じゃ」

敬子が不思議そうな表情を浮かべ、広田に聞いた。

「さっき、ボールは崖下に放ったと言いましたよね？」

「うん」

「なのに、なぜ、ここにあるのですか？」

「それは・・・獣にしか判らない、テレパシーで伝えたのだろうと考えられる」

広田は何を言っているのだろう。2人は意味が判らず、少しの間顔を見合わせた。

「崖下に瀕死のアンデスがいた。目ざとくカラスたちが集《たか》り、獲物が息絶えるのを待っていた。待ち切れず嘴で突き始めるせっかちもいただろう。死を覚悟したアンデスは、最期のパワーを振り絞り、群れのリーダーにダイニングメッセージを送った。

『腹を満たした後でいいから、そこに転がっているボールを掴み、畑の隅にある石のところへ運んでくれないか？』

『理由を聞こう』

『広田さんへの暗示だ』

『暗示？』

『償いを忘れさせないために・・・』

『判った。安心しろ。俺が死んでも代行できるよう、サブリーダーにも伝えておく』

律儀なカラスは引き受けた。そして約束通りボールを運んだ。信じないかもしれないが、他に持って上がれる者はおらん」

広田は臍の辺りを抑え、講義でもするように解説した。

「人間は人智を駆使して、無線通信やら暗号電文を作り出す。瀬戸内海に浮かぶ戦艦・長門から打電されたモールス信号は、無線塔を中継し、遠く太平洋で待機する戦艦に送信され、ゼロ戦に出撃命令が下される。『ニイタカヤマノボレ１２０８』と。一方、獣はと言うと、動物特有のテレパシーという信号で、異種の相手に送るのだ。こちらの場合は目の前にいるので直に伝わり、中継は要らない計算になる」

「ボールはずっと、畑に置きっぱなしに？」

「いや、すぐ崖下に転がした」

「それなのに、また上に・・・」

「数か月経つと、催促するように、またボールが置いてあった。わしはまた、ボールを落とした」

「・・・それを何度も？」

「これまで、7～8度繰り返したじゃろうか・・・」

静代が呟いた。

「アンデスは生きているのかもしれませんよ」

「ならば、顔を見せるはずじゃ」

二人は、尤《もっと》もだ、という表情を見せた。

「最後にボールを見たのは家内が亡くなった直後じゃ。その時ボールに向かって言った。もうすぐじゃ、焦らすな。納骨し、2人のご親族を呼び、詫びと釈明をして、けじめをつける。だから、もう（投げて）よこさんでええ。これきりにしてくれと。だが、またしつこくボールを運んで来たと見える」

こう言うと広田は、静代が持つボールに目を遣った。突然、敬子が異論を唱えた。

「違うと思います。他に意味があったのです」

広田と静代が敬子を見た。

「アンデスがボールの移動をカラスに頼んだのは、姉に届けてほしかったから。きっと、姉とキャッチボールをしたかったからです。決して広田さんを責める意図はなかったのだと思います。カラスが中継の役目を果たしていたのです」

「・・そうかもしれん」

広田は静代の手からボールを取り、早苗の墓石に置いた。３人はボールを見つめた。ミカン畑に佇む３人を、真上からドローンで見下ろせば不思議な構図に写ったろう。３本の無線塔が３人を囲み、その３人が大小３つの石を囲んでいるのだから。

その時、風もないのにボールが動き出し地面に落ちると、勢いで転がり始めたが、誰も止めなかった。テニスボールは崖下に落ちていった。広田が呟いた。

「アンデスのところへ行った。早苗さんがアンデスにボールを放ったんじゃ。遊んでやろうと・・・」

敬子は思った。このボールはミカンだ。姉の早苗そのものだ。早苗がボールに身を変え、斜面を転がり落ちて行ったのだ。薄幸の運命を背負った姉らしい最期の行動だと。

ミカンと無線塔

「・・・来たようじゃ」

広田が顎で指した方向を見ると、林の合間に覗く県道を、こちらに向かう2台の車両が確認できたが、敬子にはパトカーに見えなかった。サイレンを鳴らさず、赤いパトロールライトも点灯させておらず、一般の車両に見えた。

静代には、覆面パトカーだと解った。派出所に戻った重尾がメモを読むと、広田の意思を尊重し、本署に通報する際、一般の警察車両での出動を要請したのだ。人目に付かず逮捕し、周囲に知れぬように連行する、重尾の最大の配慮が見て取れた。重尾はペーペーの巡査だが、良い警察官になるだろうと静代は思った。

広田が優しく言った。

「他に聞いておくことはありませんか？」

尋ねたのは敬子だった。

「みかん畑はどうするのですか？」

「妹夫婦・・城間が面倒見てくれるじゃろう」

「息子さんご夫婦は後を継がないのですか？」

「農業をやるつもりはないようじゃ。サラリーマン生活に満足しておるから・・・」

エンジンを吹かし、坂道を上ってきた車両が駐車場に止まると、広田が立ち上がった。畑に夕暮れが近付き、やや肌寒い風が吹いた。

先頭車両の助手席から、捜査員たちを先導してきた重尾が降りると、丘に立つ広田と対峙した。そして見つめ合う様子を見て、静代は２人が無言で交信しているように思えた。

『広田さん。・・・あなたほどの人格者がなぜ？』

『来たな。待っとったぞ』

『僕は、あなたを逮捕したくない。どうして直接、署に１１０番通報してくれなかったのですか？』

『君に、手錠をかけさせたくてな』

『僕は手柄なんか、欲しくありません』

『手柄をやったのではない。君に経験させたいのじゃ』

『経験？』

『若い時分の経験はのぅ・・・・・・肥やしになるぞ』

『経験は与えられてやるものではなく、自ら探して体験するものです』

『・・・一丁前に吐《ぬ》かしおって』

そんな対話を、畑に吹き上げる微風が仲介しているように見えた。

立ったままの重尾巡査を、後ろの捜査員たちが、「どうした？　行け！」。背中を押すと、広田は海岸線に向きを変えた。静代と敬子が側に並んで見ると、太陽が水平線に沈みかけていた。静代は夕陽を、落ちてゆく広田自身に重ねた。そして敬子には、オレンジ色の夕陽が巨大なミカンに思えた。長身の広田は、微動だにせず背筋を伸ばし立っていた。延々と広がるミカン畑を見守る無線塔のように。


（了）

※ユンボ。元々は旧三菱重工が製造した重機だが、一般的に土を掘る機械のことを総称し、「ユンボ」と呼ぶ。

「シャーロキアンのカウントダウン」

歌狂人　卍

そろそろAが来る頃だ。今年もあと二時間ちょっとで終わる。還暦を過ぎてからというもの、一年の終わりが早く感じられるようになった。六十五歳になって迎える最初の大晦日。いつも通り一人淋しく年を越すつもりでいたが、思いがけなく今年はAと二人で過ごすことになった。

レンタルDVDを観終わる頃には来ると思っていた奴の足音は一向にしない。まもなく始まるハプニングを予測させる静かな夜、二缶目のビールを開けるプルタブの音が響くと、早くこの静寂から逃れたいと焦る。また、どうせ年が明けるのなら、さっさと明けてしまえ、と叫びたくなる。淋しさには馴れていても、無性に人と話したくなるのが人間の本能なら、独り身の私にも人並みの情感が備わっていると見える。テレビのリモコンを押せば、ＮＨＫが「紅白歌合戦」で紛らわせてくれるはずだが、英語やカタカナ表記の題名、顔も浮かばぬ歌手たちの歌を聴く気にはなれぬ。少年の頃はこうじゃなかった。家族揃って観た紅白の思い出を懐かしむと、センチメンタルに陥った心境を救ったのは時計だった。ひとつ、ふたつ、みっつ、――レトロなフロアー時計が十回鳴り、二十二時を告げた。人の背丈ほどある黒い時計にロンドンのビッグ・ベンを重ね、「大きな古時計」を口ずさむ。

「♪百年休まずに　チクタクチクタク　おじいさんと一緒に　チクタクチクタク　今は　もう　動かない　その時計」

健康診断で特に異常を指摘されない私の身体でも、さすがに百年は生きられないだろう。だが例外なく動きが止まる日が来る。それがいつか、知ることはできないのだ。二つの針が周期的に回る人の顔のような時計盤。なぜ二本あるのか。それは、生きものは必ず二種類存在するという教えだろう。男と女、陰と陽、硬派と軟派、インテリと落ちこぼれ、美男子と醜男――限りなくある対語。だから時計にも長針と短針があるのだ。進行が早い長針はせっかちで、ゆっくり歩く暢気な短針。まだある。Aと自分、つまり右脳派と左脳派・・・。そうだ。ここに今夜、Aが自宅に来る意味があった。

――♯♪♭――

Aは汽車通学で知り合った高校時代の友だちの一人だ。いつも同じ車両に乗り合わせて親しくなった。学校は違ったが、彼は勉強ができて機械に強く、公立の工業系大学に進学した。私も成績は悪い方ではなかったが、大学は私立の文系で、優秀な彼に何かとコンプレックスを持ったものだ。そんな二人の唯一の共通点がシャーロキアン。つまりシャーロック・ホームズの大ファンだったこと。ホームズシリーズは共に全部読んで感想を述べ合い、仮説を立て、続編を考え、角度を変えて事件の解説までやった。時には知恵比べの暗号を作り披露し合った仲。しかし高校を卒業して以来、何故か連絡を取り合うことはなかった。

そんなAと四十七年振りの再会を果たしたのは、私が現在暮らす町のスーパーだった。隣町の出身である彼の細君が、お母さんの介護のため実家に戻ってきたので彼もついて来たらしい。彼は大手の造船所を昨年退職したが、今はフリーでずっと隣町に滞在中であり、正直退屈しているとこぼした。

その翌日、行きつけの居酒屋に誘って一杯やった。改めて観察すると、お互いの体形に変化があるのは一緒でも、所帯疲れだろう、Aは精彩感を失っていた。言葉の端々に現われる傲慢さだけは高校時代と変わっていない半面、奴は当時の記憶を驚くほど忘れていた。私の方はと言うと、彼と交際した時分の思い出はほぼ完璧に憶えている。いつ頃、どこで、何をしている時だったかさえも、事細かくスラスラ言葉が出るほどに。

ふと、昔ムカッとした或る思い出が甦ったので、奴に聞いてみた。確か市の図書館で血液型による性格分析の話をしていた時のことだ。奴が突然言った。

「おまえ、人間には脳が二種類あること知ってるか？　右脳と左脳があって、役目に違いがあること・・・・」

「・・・知らん」

「右脳は感性や感覚、左脳には理論的な働きがあるらしい」

「・・・」

意味が判らず耳を傾けた私に、Ａは得意気に説明した。

「こんな問題が出されたとしよう。『水が融けたら何になりますか？』。おまえなら、どう答える？　普通、一般人の出す答が『水』。インテリなら教養ぶって『Ｈ２Ｏ』とでも言うだろう。これが即ち、論理的な左脳を使った解答だ」

「じゃ、右の脳を使った答は？」

ニンマリしたＡは、

「・・・春だよ」

・・・・なるほど、そう来るか。感心した私は一応確かめた。
「それ、君が考えたのか？」

「いや、受け売りだけど」

正直に吐露するA。彼が考え付いてもおかしくない出題だったが、どちらかと言えば、この手の設問は私の得意分野だ。私の方がAより感性は勝っているという自負があったので、私は言った。

「それなら、君は典型的な左脳派だな。誰も論理では敵いっこない。強いて言えば僕は右脳派かな。こっちなら若干勝ち目がありそうだ」

少し控え目に言ったのだが、Aの反応は違った。

「いいや、俺は論理でも感性でもおまえには負けない」

無遠慮なAの目は、秀才がその頭脳をひけらかすように私を見下していた。記憶という機能がおよそ五十年振りに思い出させたこの一件を、時間をかけて確認すると、奴は全く憶えていないと答えた。記憶力なら確実に私が上だ。

「社会に出ると人間は成長するもんだし、もう半世紀近く経った。論理では君の頭脳に及ばないだろうが、感性や感覚面なら、少しは君に追いついているだろうな」

再び控え目にはにかむと、またしても奴は突き放した。

「俺の理論では、勉強して成績を上げるとか、何かの分野で努力して成果を出すとか、一部分では成就しても、潜在能力というやつは基本的に子どもの頃も齢を取ってからも然程《さほど》変化はない。・・・これが俺の本能的頭脳理論だ」

まるで、おまえは逆立ちしたって俺には敵わないよ。そう言わんばかりの口調に再度ムカつき、この鼻っ柱をへし折ってやりたい衝動に駆られた。

それから半月ぐらい後。連絡もせずにAが突然自宅に来た。散歩の序《ついで》に寄ったと言うが、様子から察し違う目的で来たのだと分かった。先日近くの神社で発生した、暴行傷害事件に興味を持ったようだ。よっぽど暇を持て余していたのだろう。

事件のあらましはこうだ。ある夜更け。近くの稲荷神社の石段下で男同士の喧嘩が有った。片方の男が鳥居の石柱で後頭部を打ち、血だらけで動けなくなり、救急車で搬送された。加害者は走って逃げたが、被害者は入院中とのこと。神主とは顔見知りの私が、後日散歩に立ち寄った際に聞いたところでは、現場近くに住む農家の主婦が争う声を聞いたと教えてくれた。何でも、若そうな男の声で、「俺のものだ。どこにやった。返せ（渡せ）！」と口走っていたらしく、駆け付けた警官にも勿論伝えられた。私はこの情報を全てAに教えた。

その日の夜、神社の境内をうろつく男の姿が神主の家族に目撃された。参拝者が少ない普通の神社。ただ長い石段が運動に適しているし景観が良く、散策で往復する人はいるが、無論それは昼間に限ったこと。夜に訪れる人はまずいない場所だ。

それを聞き、すわ例の事件の加害者かと想像したが、それにしては間が空きすぎているし、Aと話した日の夜に現われた点が引っ掛かり、不審者はほぼ間違いなくAだろうと私は推測した。大方、退屈凌ぎに探偵気分で、手掛かりでも探しにうろついたのだろうと。

その時だった。突然私の頭にインスピレーションが走ったのは。近いうちにAはまた来るだろう。そうしたら少し懲らしめてやるか。そんな悪戯を思い付いたのだ。

翌日、やはりAは来た。敢えて事件の話題を避け、私が努めて政治や外交問題を口にすると、奴は間を置いて事件のことに触れてきたので、探りを入れてみた。

「この間、君が来た日の夜だったかな・・・神社の拝殿辺りに不審者が現われたそうだ」

「あの事件の加害者だろうか？」

「うん、そうかもしれん」

「何しに来たのかな？」

「そりゃあ、探しに来たんだろう」

「何を？」

「近所の人が、『どこにやった！　返せ（渡せ）』と言う声を聞いたんだから、恐らく金目の物か秘密資料だろう」

「そうとは限らん。人かもしれんぞ」

「・・・」

「若い男の仕業みたいだし、現に暴力沙汰を起こしている訳だから、考えられるのは女性問題。彼女か嫁さんを寝盗った男を追って来て、どこで生活しているのだ、どこに匿っているのだ、問い詰めていたとも捉えられる。勿論、物の線も排除できないが・・・両方考えられる」

「なるほどねぇ」

感心すると、途端にAの口調が横柄になった。

「とぼけんな！　お前もそれくらい見当付けてるくせに」

「え！　・・・」

「しらばっくれるな。お前が想像してることぐらい、俺には解るぞ」

私は希薄さを装った。

「確かに、ちょっと関心ぐらいあるが、そう深く考えてない」

「興味無いのか？」

「あんまり・・・無いな」

「そう言いながら、こっそり調べたりしてんじゃないか？　興味がない振りをして。物好きのおまえが、だよ？　しかも現場近くに住んでて・・・」

「・・・」

「俺は興味ある。何か掴んだら教えろよ。一人占めせず必ず教えてくれ。どんな情報でもいいから」

予想通りの展開になってしまったと、内心ニンマリした。私は呆れた表情を浮かべると答えた。

「分かったよ、いいとも。何かあったら教えよう」

「・・・絶対、だぞ」

「ああ。だが、それを要求するなら、君も調査結果は率直に明かせよ」

「当然だ」

Aはこれだけ言い残すと立ち上がった。期待した、「夜更けの拝殿に現われたとされる不審者。それは多分、俺だよ」の台詞を返さなかった。私の見当違いだったのか。それとも私の投げかけに気が付かなかったのか。立ち去るAの背中に向かって言った。

「人か物か・・・その辺りがカギになりそうだな」

Aはこっちを振り向きながら去って行った。


数日後、Aはまた来た。手ぶらで来るのは憚《はばか》られると思ったか、ケース入りのウイスキーを携えて。先日、私が愛飲していると言った銘柄だった。私は世間話を義務的に済ませると、お定まりの話題にさり気なく移行した。

「捜査は捗ってるか？」

警察本部長が、本部で指揮する責任者に問いかけるような口調で茶化すと、

「いや、全く・・・」

本心かどうか勿論分からない。が、真面目な表情で奴も聞いて来た。

「そっちはどうだ？」

「ある訳なかろう。この前言った通りだ。あんまり関心は無いし」

本音かどうか、疑り深い目で私を見るAの視線に嫌悪感を持った。争いごとが嫌いな私は、腹の探り合いに辟易《へきえき》して言った。

「情報じゃないが、状況変化ならある」

「・・・」

もうAは知っていると思ったが、言わないと隠しごとをしていると歪曲されるので、言うことにした。

「拝殿に防犯カメラが取り付けられたよ。僕のアドバイスが効いた。神主は、『盗

られる物は何にもありません。小銭しか入っていないような賽銭箱を狙っても、コソ泥に取ってはリスクの方が大きいですよ。アッハッハッハ。要らん、要らん』と最初は拒否した」

「そりゃ、そうだ。取り付け費用もバカにはならんからな。今の神社仏閣は経済的に苦しいらしいし・・・」

「そこで僕は、余計なお世話と思ったが言ってやった。『不審者の目的は金品とは限りません。娘さん目当てかもしれませんよ』ってね。『娘さんもお年頃でしょう。母屋は拝殿から離れているけど、隣接した住宅はないし、風呂場を覗かれることだってある・・・番犬は飼ってらっしゃいませんよね・・・』。けしかけると神主の顔色が変わった」

「結局、取り付けたって訳だな」

「うん、誰だって我が子は可愛いからな」

「特に、男親は度が過ぎるくらい娘の身を案じるもんだ。俺も娘が二人いるから、よーく分かる。女房もいるし・・・」

独身を貫く私に家族はいないが、もし私にも娘がいたら、きっと同じ心境に陥るだろう。アドリブで浮かんだ諺《ことわざ》を披露した。

「『溺れる者は、藁をも掴む』ってヤツだ。いや・・・『触らぬ神に祟りなし』って言うからな・・・」

Ａは冷静に、睨むように誤りを指摘した。

「それも違うぞ。神社だからって、神様に拘《こだわ》ってないか？　それを言うなら、『転ばぬ先の杖』だろう。日本語は正しく使え。おまえらしくもない・・・」

高校時代と変わらぬ薄ら笑いを浮かべて、

「ところで、被害者の容態はどうだ？」

「頭部の他に、石段にぶつけた脚の骨折もひどく、退院は新年になるらしい。その男は病院で年を越すってわけだ」

この神社は毎年十二月下旬の天候の良い日を選び、神主が召集した氏子の手で新しいシメナワが捩《ね》じられる。機械が使われるケースも珍しくない昨今だが、古式懐《ゆ》かしいこの神社では、手造りで藁の匂いも香《かぐわ》しいシメナワが編まれ、一時拝殿の階段に床置きされる。一年間神社を見護った古いシメナワは、最後の「三十日（晦日）詣で」後の夕方、掛け替えの儀式を終えて下ろされ、お祓いをして燃やされるしきたりである。

拝殿裏の広場中央に盛られている土俵。藁で葺《ふ》いた屋根も傷みが目立ち、昔はここで地元小学生たちによる奉納相撲が執り行われたらしい。だが少子化の影響で子どもたちの数も減り、現在は廃止され、専《もっぱ》ら夏祭りの会場に利用解放されている。

その晦日。すっかり暗くなった夕方、広場の端に掘った焼却場で古いシメナワに火が灯された。焚き付けにも習わしがあり、藁や枯葉、板、植物材が燃やされ、プラスチック廃材といった加工品は使用されない決まりになっている。

乾いてよく燃えるシメナワや竹で暖を取りつつ、古き良き時代に思いを馳せ、私が神主に少年時代の思い出を話していると、暗がりの中で氏子たちに混じり立ち去る人物が視界に入った。Aだった。奴も見学に来ていたのだ。彼が来るのは予想の範囲だった。

ジャンバーの襟を立てた私が、マフラーで顔を覆い、石段を下り終えた時だった。待ち構えていたように、鳥居の石柱からぬっと顔を出したのはAだった。

「よっ、寒いな」

てっきり私の自宅で待っているものと思い込んでいた予想。こちらは少し外れた。

「・・・待ってたのか？　こんな寒い中で」

「うん」

「縄焼きに来てたよな？　上でちらっと見たぞ」

「うん・・・」

「用事があるのなら、焼却場で話せばいいのに。こんな寒いとこで待たなくても・・・」

「神主らしき人と話していたから、遠慮した」

「君はそんな（気を遣う）キャラじゃなかったはずだ。ところでホームズ君！手掛かりは掴んだかね？　クリスマスは済んだが、まだ十二月だよ。宝石を飲み込ませた、七面鳥でも見つけたかい？」

「シャーロック・ホームズの冒険」『青いガーネット』の結末を例に出し、助手のワトスンになりきった私は、おかしさを抑え、寒さに震えながら聞いた。

「手掛かりは見つけた。全面解決とまではいかないけどね・・・」

「へぇー、やるじゃないか。手柄話を聞こうか。僕《ぼく》ん家《ち》へ来いよ」

「うん・・・」

「こんなところで立ち話をしたら、折角治った風邪がまたぶり返す。ワトスンの職業は医者だが、僕はサラリーマン上がりだから病気はご免だ」

「うん・・・」

何か言いたそうなA。私の腹を探っている様子がありありと読めた。

「今夜は無理だ。明日行くよ。朝は時間あるか？」

いつもよりAの表情には戸惑いが見えた。

「午前中は行くところがある。昼過ぎもまずい。どうせなら夜に来い。良かったら酒でも飲み、一緒に年を越そうぜ。僕だって話し相手が欲しいし・・・それとも嫁さんとお義母さんの側に居なきゃいけないのか？」

「いや。女房は、俺の世話まで手が回らないことに、気を遣ってるみたい・・・」

「そんなら、迷うことない。夜に来いよ、酒と年越しソバを用意しておくから」

「・・・おまえの方に進展はないのか？」

奴は傷害事件のことしか考えていなかった。

「少しはあるから、あくまで君が挑むのなら応じよう。だが自信は無い。何せ僕は左脳も右脳もさっぱりだからな。君に比べ・・・ご存じのように・・・」

精一杯の皮肉を込め、思い切り横目で奴を睨んだ。

「じゃ、俺が謎解きを披露し、一年最後の夜を面白く過ごさせてやろう」

「よし、乗った。付き合おう。どっちが最後に笑うか、判定は如何に？」

「泣いても笑っても、タイムリミットは明日までだぞ。明後日はもう来年だからな」

「おお、望むところだ。でも、勇み足には気を付けろよ」

「楽しみにしておけ」

「念のために言っとくが、いっぱい喰わされたら負けだぞ」

「分かってるよ」

捨て台詞を残しくしゃみを連発しながら帰る、厚手のコート姿のAを見送った。


――♯♪♭――

居間にあるビッグ・ベンが鳴りだした。もう二十三時である。レンタルDVD

を観終えて、あっと言う間に一時間が経過した。奴はまだ来ない。

時間の約束までしていなかったことに気付き、気長に待とうとまた缶ビールを開け、キッチンから戻ると驚いた。居間のソファにAが腰を下ろしているではないか。

「親しき仲にも礼儀は必要だぞ」

私はAを諌めた。

「すまん、すまん」

素直に詫びる、笑みを浮かべた顔は、Aが満足した時に見せる表情で、高校生の時のままだった。昨夜見せた、戸惑いの顔は完全に消えていた。

「ホームズの登場というより、その現われ方はゴルゴ１３だな」

「すまん。つい探偵ドラマの主役を演じてみたくなって・・・」

言い訳する様子にも、随分余裕が感じられた。

「もうちょっと、早く来ると思ってた」

「今年最後の一時間という設定はサマになるんで、二十三時を選んだ。最後の最後の方が楽しみは増すだろう？」

「酒にするか？　それともビールか？　ソバで腹を満たすか？」

求めに応じ、冷やの日本酒をコップに注ぐと、Ａは笑いながら
「ソファに腰掛けた俺を見た時のおまえ、まるで悪の天才で宿敵、モリアティー教授を目の当たりにしたホームズの視線だったぞ」

「二十三時の時報で居間の時計に目を遣った時、咄嗟にロンドンの街をイメージした。ほら、この時計からビッグ・ベンを想像しないか？」

「・・・そう言えば、ビッグ・ベンが竣工した年に、作者のコナン・ドイルが生まれたのも因縁めいている気がする」

ホームズ談義にしばし花を咲かせると、早速本題に入った。

「手柄話を聞かせてくれ」

促すと、待ってましたと言わんばかりに、ジャケットに手を入れたＡは、右の

ポケットからハンカチを取り出しテーブルに置いた。

「これを見つけた」

Aは徐《おもむろ》にハンカチを広げ、残りの折り目ひとつになった時点で手を止めると、視点を上げ私を見た。そして勿体ぶって開いた。

「これを手に入れた」

それは、黒ずんだ一個の小さな鍵だった。

「カギだ」

「説明しなくても判る。僕の目はまだ達者だ。鍵と錠の区別ぐらいつくよ。これは？」

「鍵でもあるし、カギでもある・・・」

「？・・・」

「分からんか？　神社の暴行事件で、加害者が探していたものがこれだ」

「どうして、そうだと言える？」

「他に無いからだ。『俺のモノだ！　返せ（渡せ）』と叫ぶようなモノは、やはり物と考えるのが筋だろう。もし、それが女性を指すのならば、入院した被害者をその女性は見舞いに行くはずだ。そう考えた」

「・・・・」

「知人の見舞いを装って病院へ行き、面会記録ノートを調べ、それとなく受付に探りを入れても、誰ひとり被害者の見舞いに来た人はいなかった」

「警察や加害者から見張られているので行けなかった・・・とも考えられる」

「尤《もっと》もだ。そこで人物の線は後回しにし、先に物の線で探ることにした」

「ふむ」

「そこで、現場となった石段下と拝殿、社務所や境内を何度か往復するうちに気付いた」

「ほう・・・」

「それは、被害者が神社のどこかに何かを隠した後で加害者と遭遇し、被害に遭ったのでは、という推測だ」

「なーるほど」

「加害者はぶっ倒れた被害者の持ち物やポケットを探ったに違いない。然し発見できず、後日神社を探し周った、と」

Aの推理が確かなら、Aが私の自宅を最初に来た日の夜、神社の拝殿をうろついた男はAではなかったことになる。私の見当違いだったのか。

「それで?」

「何かさえ判らん物を、広い神社内で歩き周っても探せる訳がない。その物は大きいものか小さいものか、折り畳めるものか、濡れてもいいものか、埋められるものか、皆目見当がつかん」

「・・・」

「怪しまれないよう、俺は境内を運動する素振りで歩き周った。すると、だな。何かこう、ヒントみたいなものが目の前にチラ付き始めた・・・」

私はすかさずフォローした。

「勘が働き出したんだ。警察には『現場百回』ってセオリーがあるそうだ。捜査が行き詰ったら現場へ行け。何か見落としがあるかもしれない、という暗示だ」

「俺は考えた。探し物より『隠し場所』に重点を置いてはどうだろうか、と。被害者になったつもりで・・・」

「冴えてるじゃないか」

「そしてヒントを掴んだ。覚えてるか？　おまえの家に行った時、おまえは言ったよな。諺を引用し、『溺れる者はワラをも掴む』って」

「覚えてるとも。でも、確か間違った言い方だったような・・・」

「俺は被害者の立場で考えた。追い詰められた者が何かを隠す時の心境を。絶対に見つかりそうにない場所より、むしろ目に付きやすい場所で、誰でも考え付かない場所だ」

私はフォローを続けた。

「ホームズシリーズの傑作に、貴族の男性から貰った恋文を取り返されないよう、敢えて状差しに隠した事件があった。木を隠すなら森の中だ。岡本綺堂『半七捕物帳』でも、小さな預かり物を風鈴の紐の錘《おもり》に隠した。目に入り易い場所こそ盲点だからね」

「適当な隠し場所を求めても見つからず、途方に暮れたらどうするだろうか。被害者の立場で考え、辿りつくとこってどこだろう？」

「言ってみろよ」

Ａは私の目から決して視線を逸らさず、間を開けて呟いた。

「シメナワさ」

十秒ほど睨み合いが続き、こういった雰囲気を嫌う私が曖昧に返事をした。

「ほう・・・」

「拝殿で鈴の付いた房を鳴らし・・・」

「あれは鰐口《わにぐち》って言うんだよ」

「拝殿で鰐口を鳴らし、慣習的に手を合わせたとしよう。目を上げた先に有る物。分かるよな、シメナワだよ。ハッと気付く。何て好都合な場所だろうって」

「うん、うん、うーん」

「被害者は元々頭のいい奴だからか、それとも溺れる者が藁を掴むように、咄嗟に閃いたのか知らんが、何れにしても、お誂え向きの隠し場所を見つけたと言える」

「・・・うまい」

「参拝者は普通、賽銭を投げ入れたら柏手を打って拝むだけだろ。シメナワなんかに目をくれやしない。だがそこは同時に、安全と安心感を生む場所でもあるのだ。迂闊にシメナワに触ればバチが当たるから、一般人は容易に手を出さない聖域だ」

「そう・・・そう」

「小さい物、細い糸状の物、軽い物なら捻った藁の中に捩じ込むと、簡単には落下しない。硬く締め付けられるからな。おまけに腐ったり濡れたりする心配さえない。俺なら絶対、ここに隠すと思った」

「しかし、上背がある君でも、ジャンプしてやっと届く高さだから、捻じ込むのは難しいぞ。押し込み方が浅かったらはみ出るし、何かの振動で揺れれば落ちる可能性だってある。固定するのは難しいぞ」

「そうだ。俺は踏み台が必要だと悟った。そこで拝殿を半周すると、裏に空の酒樽とビールケースが置いてあった。多分、これを踏み台にしたと俺は読んだ」

「シメナワに目印さえ付けておけば、取り出すのも時間をかけずにできる・・・」

「三本ある下がりの左二本の中間辺りとか、左右の藁の切断面とか、わざわざマーキングしなくても見当は付けられる」

「その『下がり』だが、正確には『〆の子』って言うらしい。神主から教えてもらった。で、君はその位置が判ったのか？」

「名称なんてどうでもいいが、流石に位置までは分からん。何せ防犯カメラが二台もあるし、拝む真似をする度にシメナワばかりジッと長時間観察する訳にはいかん」

「そりゃ、そうだ」

「全く、お前は余計な物を取り付けさせてくれた」

Aはそう言うと、迷惑そうな顔をした。

「まあ、そう言うな」

私は奴の空になったコップに日本酒を並々と注いだ。

「ところで僕は腹が減った。ソバを食うけど、君もどうだ。余分に用意してる。カップ麺でも味はなかなかだ。腹ごしらえの後、続きを聞こう」

「カップ麺も進歩したもんだな。結構美味い・・・」

汁を飲み干しながらAが感想を漏らした。

「だろ？　君は家族がいるからカップ麺を食う機会って、あまり無いだろうな」

「食べるけど、大抵ワンパターン。専らラーメンかうどんで、ソバは滅多に食べない」

「僕たちの若い頃は、袋に二食分入った棒ラーメンしか無かったけど、美味かったな。あの味は絶対に忘れられん。いつも、あの博多の老舗メーカーのを食うよ」

「カップ入りが出たのはいつ頃だったかな」

「二十歳過ぎた頃さ。浅間山荘事件のテレビ中継で、機動隊員が地元のおばさんたちから炊きだして貰った熱々のおにぎりと一緒に食べていた、湯気の出ている麺は何かと、クローズアップされてから急に普及したそうだ」

「おまえ、よく憶えてるな」

「沢山の食品会社が、凌ぎを削り何種類ものカップ麺を競争して売り出すから、お陰で一生チョンガーの僕も、すっかり世話になってる」

「お湯さえ沸かせば食べれるからな。鍋も要らんし」

「良かったら、もう一杯作ってやろうか？」

「いや、帰ったら女房も用意してるはずだから、もう結構」

私はAにまた酒を注いだ。ビッグ・ベンに目を遣ると二十三時三十九分を指していた。紅白歌合戦の勝敗が決まる頃だ。私の家ではこれから雌雄を決める、シャーロキアン同士の知恵比べ合戦が再会された。


「さて、どうやれば二メートル以上あるシメナワから探せるか、俺は考えに考えた。すると、ある事に気付いて、俺は一人で大笑いしてしまった」

「どうした？」

「リスクを冒《おか》さずに見つける方法があったのだ。然も、日にちをかけずに・・・・」

「勿体振らずに教えろよ！」

「だって今は年末だぞ。新年用に新しいシメナワが掛けられる。古いシメナワが下ろされるのを待ち、下ろされてから探す方が手間は省ける」

「なるほど、なるほど」

「拝殿に新しいシメナワが置かれているのを見て、近くの人に、いつ掛け替えるのか、古い方はどう処分するか、聞いたら親切に教えてくれた。晦日の夕方に燃やされると。だから、俺は辛抱強く待った」

「ははん、それで昨日の夕方、焼却場で燃やされる様子を見に来たのか」

「俺はヒヤヒヤしたぞ。お前もそのことにいつか気付き、先を越されるんじゃないかと。正直なところ、俺の推測が当たっている保証はないし、不安だった」

「ちょっと待て。それより、物は何だと見当付けた？」

「思い付いたのは四つ。紙縒《こより》状に丸めたメモ用紙、鍵、ＵＳＢメモリー、指輪」

「メモ紙だったら灰になるし、ＵＳＢメモリーだって、焼けただれ歪めば使い物にならんだろう・・・」

「うん、だが薄い金属のケースなら不可能じゃない」

「・・・藁の隙間に入るかな？」

「今朝早く、動揺を抑え、散歩する振りをして焼却場へ行った。磁石を忍ばせてね」

「さーすが」

「棒切れで、焼かれたシメナワの位置をゆっくり掻くと、程なく灰の間から、いとも簡単に顔を覗かせたのが・・・」

「この鍵って訳か、やったな！　磁石も不要だった」

「これが・・・」

Aは言葉を止めると、どや顔になった。

「これが、俺の右脳も左脳もおまえ以上に優れている証明だ。何か言いたいことがあるのなら聞いてやる・・・」

ワンクッション置き、私はAに質問した。

「じゃ、聞こう。鍵を探し当てたのは褒めてやるとしても、これは何の鍵だ。そこまで調べ上げたのか？」

「残念なのはそこだ。昨日の今日だから、そこまで頭も手も回らなかった。金庫の鍵にしては小さいし、造りが単純。コインロッカー用にも見えん。キャビネットかロッカーかもしれん。調べるのは正月明けになりそうだ。あまり素人が首を突っ込むのは好ましくないから、後は警察に任せようとも考えている。場合によっては表彰されるかも・・・ん、どうした?」

私は、傍らにある机の引き出しに指をかけガタガタ音を立てた。

「いや、昔君に返すのを忘れていた文庫本があったことを思い出し、今度君が来たら渡そうと仕舞っていたんだが、開かない。鍵を失くしたらしい。・・・ちょっと失敬」

私はテーブルに載った鍵を取り上げ、ティッシュで煤を拭き取った。そして机の引き出しの鍵穴に差し込み、左に心持ち回すと、微《かす》かな音を発した。そして引き出しを開けた時の、目を点にしたAの表情は忘れられない。

「・・・・」

口をモゴモゴしていたが、何を言っているのか聞き取れなかった。しきりに冷静さを装うとしているのが見て取れた。暫く経つと、観念したように洩らした。

「いつだ。焼却場に置いたのは」

「昨日の夕方さ。君を見かけた後、ポケットから鍵を出し、周辺から拾い集めた枯れ木に混じらせ、火にくべた。暗いから誰も気付かないし、音もしない」

Aは無表情を繕い、じっと考えていた。

「以前ここに来た時言った、『溺れる者はワラをも掴む』は、やっぱりヒントだったのか？」

「そうだ。君は見事に引っ掛かった。『ワラ』をヒントに、シメナワを連想した。然しね、『ワラ』にはもうひとつヒントが隠されていたのだ。気付いたか？」

「・・・・」

「『藁』の文字を分析してみれば分かる。植物を表す草カンムリ『艹』と『木』の間に、『高』が入っている。即ち、高い位置に視線を向けてみろ、という暗示だ」

「・・・防犯カメラの取り付けを神主に勧めたのも計算の範囲って訳か？」

「そう。如何なる策で君がシメナワから物を取り出すか関心を持った」

「手が込み過ぎてやしないか？　度を越し過ぎてやしないか？　防犯カメラを装着するにも金と手間が要るぞ。神主に負担させるにしては・・・」

「神主にはこれっぽっちの負担もかけていない。防犯カメラはスクラップ業者から貰ってきた。工場から廃棄処分を任されたという使い古しが十台ぐらいあったので、同じ機種を二個頂戴した。だが無料で貰う訳にはいかないので、お歳暮に貰った日本酒を二本進呈した。従って僕の出費もない。取り付けも僕一人でやった。無論神主にも偽物だと断ってある。真贋《しんがん》の区別は付き憎いので、設置するだけで防犯効果は期待できるのだ」

黙って聞くAに、私も本音を明かした。

「むしろ、僕もヒヤヒヤのし通し。機器に強い君だから、紛《まが》い物と見破りやしないかと・・・。解らなかったのか？」

唇を噛み、顔を小さく横に振ったAに、私は冷たく告げた。

「君も焼きが回ったな。今度は僕が言わせて貰うよ」

一呼吸置いて、リベンジの言葉を控え目に返した。

「左脳で君に太刀打ちできるとは言わないが、右脳は君より勝っているようだね、幾分ではあるが。・・・何か、言うことはないか？」

途端にＡは目をむいた。

「俺も馬鹿じゃない！　おかしいとは思っていたさ。事件に付いて尋ねる俺に、それとなく誘導するようなお前に疑いを持った。どんでん返しを狙っているとも取れたし、抗《あらが》う策は練っていた」

「ふむ」

「俺はまだ負けていない。引き分けに持ち込む切り札がある。お前の腹の中を読んでいたという証明の切り札だ」

「ほう」

私を睨むと、Ａはジャケットのもう片方からまたハンカチを出した。

「これだ」

さっきよりスピーディーにハンカチを開くと、またしても黒い鍵が現われた。

「何の鍵だ？」。聞かんとする私の反応を制して、

「錠の壊れた鍵だ。女房の家から探してきた。鍵は何でも良かった」

「？」

私は意味が飲み込めなかった。

「よく見ろ！ 煤《すす》けているだろう。ガス台で焼いてきた。これは敗北を喫したくなくて考えた、その場凌ぎの悪あがきじゃないぞ」

ようやく意味が判りかけた。

「こんな展開もあろうと用意して来た。お前のトリックへの対抗策として。即興で出すのなら、ハンカチに包んだりしない。丁寧に煤を付けてきたりしない。そうだろう？」

「そうだな」

「だから、右脳対決は引き分けだ」

冷静さを失ったAを落ち着かせたくて、敢えて沈黙を作った。ビッグ・ベンは、今年も残すところ数分ですと伝えんばかりに、長針を短針に近付けていた。私は今年最後の宣告をした。

「残念だが、右脳はやはり僕が勝っているよ」

ムッとした表情を示すA。

「昨日、神社石段の下で別れた時、僕が言った台詞を思い出してくれ。言ったよな。『一杯食わされた方が負けだぞ』って」

「それが、どうした。だからイーブンに持ち込んだ・・・」

「解らないか？」

「・・・・」

「君はさっき、僕が用意した年越しソバを食べたよな？」

「・・・・」

「君は、僕に一杯食わされたのだ」

沈黙したAは、劣勢を挽回しようとビッグ・ベンを見た。長針は殆ど短針と重なり合っていた。

「もう時間はないよ、今年は残り一分を切っている。諦めろ」

私はリモコンでテレビのスイッチを入れた。紅白歌合戦は既に終わって「ゆく年くる年」が始まり、画面には京都か奈良の寺院が映っていた。「ゴーン」。除夜の鐘も聴こえる。

悔しそうに俯《うつむ》く、Aの顔を見たのは初めてだった。高校生の頃には見せたことのない、屈辱の表情だった。

中継地点にいる、振袖姿の女性アナウンサーは興奮していた。

「さあ、今年もあと僅か。まもなくカウントダウンが始まります。・・十・・九・・八」

再びAに視線を向けると、幾分穏やかな笑みを浮かべているように見えた。

「六・・五・・」

Ａの顔を見るのが忍びなくなり、代わりに私はビッグ・ベンを見つめ、その時を待った。カウントダウンするアナウンサーの声が段々弾んでくる。

「四・・三・・二・・」

（了）

面子と体裁のことしか考えない行政主導で、またしても環境が破壊されようとしている里山がある。切実な問題なのに、無知な国民の何と多いことか。さらに新聞や読書離れが進み、正しい日本語の使えぬ国民が増える現実は嘆かわしい。社会に無関心で想像力を育めぬ日本人の未来を憂慮し、書き上げたこのドキュメント小説を、人と自然の共存を示した宮沢賢治さんと、これからの日本を背負って立つ若者たちに捧げたい。

「毒もみの好きな市長さん」

歌狂人　卍

【プロローグ】

長崎県の川棚町に、マッターホルンの形をした虚空蔵《こくうぞう》と呼ばれる、標高608メートルの山が鎮座する。晴れた日に頂上から眺める大村湾は水が煌めき、西に渦潮で知られる西海橋、南に島原半島の普賢岳を臨み、雨の日も曇りの日も虚空蔵様は、眼下で起こる様々な出来事をご神体の如く見守っている。

山の麓に13世帯（約50人）の郷民が暮らす川原《こうばる》地区はある。初夏、石木川の清流を覆いつくすようなホタルが乱舞すれば、実りの秋は田んぼを黄金色に染め、高地に湧き出す清水を汲みに、ペットボトル持参で登山客が訪れる美しい里山だ。

静かな県道を進むと、シュプレヒコールの文字を手書きした、一見粗末な倉庫に気付くが、これは郷民にとって大切な見張り小屋。見張り小屋とは穏やかでない。何を警戒するのか、何に備えるのか。クマは棲息しないし、イノシシなら電流柵で防げる。実はこの地域に野盗が出現するのだ。「このご時世に？　こんな平和な日本に？　ウソだろ！」。俄かに信用しない国民は多いはずだ。なかには、黒沢明監督「七人の侍」を連想する映画ファンもいるだろう。勿論江戸時代にタイムスリップしている訳でも無く、元号が令和へと移った新時代、日本の農村に起きている、実際の出来事だと念を押しておく。

野盗とは盗みを働く不届き者のことだが、ここの野盗たちは勝手が違い、盗むというより地形を壊して住民の棲み家を奪うべく、虎視耽々《こしたんたん》と侵入経路を探す集団だから、一般の野盗よりも性質《たち》が悪い。農作物なら奪われてもまた収穫できるが、土地や家屋を破壊されたらもう住めなくなるのだ。

お判りだろうか？　この野盗たちの正体。知って驚くなかれ、正体はお役人。長崎県の職員たちである。時代劇「大岡越前」「水戸黄門」の筋書きよろしく、非力な農民たちが自治体（長崎県、佐世保市）の蛮行に怯え、夜も眠れぬ暮らしを強いられている。

役人たちの目的はダムを造ること。しきりに「利水」（水の安定供給）と「治水」（洪水対策）を口実に、建設の必要性を強調するが、これは建て前。本音は、小学生でも無駄と判る公共事業を押し進めるため、手段を選ばず強行しようとしている。

夜討ち朝駆け、警戒の隙を突き、役人たちは重機を搬入しようと試みるが、郷民たちによる命がけの人間バリケードで塞ぎ、辛うじて阻止している。「七人の侍」さながら、心強い弁護士たちと反対派に支えられ、必死に塒《ねぐら》を守っている現状である。

強行突破しようものなら、死人やケガ人が出るのは必至。矢面《やおもて》に立たされた自治体に、「ダムは本当に必要なのか?」。メディアが44年間問い続ける、同じ質問を繰り返すと、自治体は反論できない。根拠が曖昧だからである。体裁を繕い、「役所が一度やると決めたことは、客観的に不要であってもやる。間違っていても実行する。日本はお役所で成り立っているからじゃ。抵抗するなら番所にしょっぴくぞ! 牢にぶち込まれたいか? お上に盾を突くか! たかが水飲み百姓の分際で・・・」。脅しの一手で豪語する。野盗たちは、今日も襲撃用の道を整備しながら、一気に郷民を追い出す機会を模索している。

【風の三郎登場】


石木川上流の奥地で、兄弟２人が途方に暮れていた。谷底に滑落したようだ。

「大丈夫か？　二郎」。心配そうに兄が聞いた。

「お尻を打ったみたい。腕から血がちょっと出てる・・・一郎兄ちゃんは？」

「俺は大丈夫」。兄はすりむいた膝を隠し、強がった。

「良かった。でも帰り道が分かんなくなったね」

「うん、暗くなってきたし、どうしよう。助けを呼ぶか？」

兄は携帯を取り出したが、すぐに顔が曇った。

「ダメだ！　圏外表示になってる。繋がんない」

「どうすんの？」。心細くなった弟が、ベソをかいた。

「二郎！　登れるか？」

「何とか・・・」

「明るいうちに路を探そう」

「イノシシが出て来そうだね。怖い」

兄弟が歩き出すと、藪で息を潜め、兄弟の会話を聞いていた黒い影も動き出した。２人は全く気付いていない。

生い茂る草を掃《はら》い、滑らないよう太い蔓《つる》に掴まって登った。10メートルほど登った先で、獣道が二つに分かれていた。広い方に進もうとすると、突然頭の上で声がしたので、２人は跳び上がって驚いた。

「そっちじゃない、右だ！」

見上げた瞬間、声の主が木から跳び下りた。兄弟は目を見開いて相手を見た。声の正体は、野良着に草鞋《わらじ》姿のおじいさん。誰が見ても明治時代のお百姓さんに映った。

「・・・あなたは誰ですか？」

「君たちを上流で見かけてから、ずっと尾いてきた。会話もすべて聞かせて貰ったよ」

「僕たちをどうする気ですか？」

「どうもしない。安全な山道まで誘導してあげるだけだ」

兄弟は安心した。おじいさんが悪い人には見えなかったからだ。

「さあ、わしに尾いておいで」

言うが早いか、歩き始めた。年寄りとは思えないほど、しっかりした身のこなしだ。

「あの・・・おじいさんの名前を聞いていいですか？」

「・・・さて、何と名乗ろうか。・・・三郎と呼んでおくれ」

「苗字も聞いていいですか？」

「苗字か・・・ふむ、・・・風野だよ」

「風野三郎さん。・・・風の又三郎さんですか？」

「ほう、風の又三郎を知っておるのか？」

「本で読んだことがあります」

「だったら、内容を覚えておるか？　作者を知っておるか？」

「作者は宮沢賢治。ハッキリ言って、内容はあまり分かりませんでした」

「確かに、中学生には理解し辛い点はあるだろうな」

「字体が古いので、読みにくいし・・・」

「ええと、一郎君は中学・・」

「2年です。弟は小6です」

「旧仮名遣いは、大人にも読み難いからな」

「おじいさんはここに住んでいるのですか？」

「住んでいるのではなく、巡回出張しているのだ。日本中を・・・」

「おうちはどこですか？」

「岩手県の花巻というところじゃ、知っておるか？」

2人は途端に目を輝かせた。

「もちろんです。花巻は、あの大谷や菊池投手の高校があるところでしょう？」

「そうだ。他には？」

「知りません」

「さっき君が言った、宮沢賢治さんの故郷も花巻だぞ」

「へーエ」

おしゃべりしながら歩くうち、兄弟に恐怖心が消えた。

「三郎さんは、この山の主みたいですね」

「ところで、探し物は見つかったかな？　宝物を探していたのだろう？」

「そこまで知ってるんですか！　手掛かりはゼロです。洞穴はあったけど・・・」

「この山に宝物など無い。なぜ、あると思ったのだ？」

「クラスの友達から、この山に金の延べ棒が隠してあると聞かされ、探検に来ました」

「？　詳しく聞かせておくれ」

一郎が説明した。

「僕たちのパパは佐世保市役所の水道局に勤めています。佐世保市と県が、ここに無理やりダムを造ろうとするのは、きっと金が隠されているに違いない。川棚町には昔、軍の施設があった関係で、金が隠されたのだ、そうとしか考えられないと言うのです。人里離れた山の中に大勢で発掘に来ると、たちまち目立つ。だからダム建設を理由に住民を追い出し、工事をしながら、こっそり、ゆっくり、がっちり、誰にも邪魔されずに掘り出すのが狙いと言います。だったら、僕たちが先に金の在り処を探し出そうと相談して来ました」

「お父さんに話したのかな?」

兄弟は首を振った。

「言えば、反対するに決まってる・・・」

「この山に、金など無い。いや、里山全体が自然の宝物と言うべきか・・・」

「本当ですか?」

「わしがウソをつくように見えるか?」

兄弟は三郎の目を見た。皺だらけの顔に黒く澄んだ、少年のような瞳だった。

「三郎さんを信用します」

「男の子らしい冒険心は褒めてやる。だが二度とやっちゃいかん」

木立の間から農道が見えてきた。

「ここから左に行きなさい。下りだから楽だ。20分も歩けば、公民館が見えて来る」

「三郎さん、ありがとう」

「少し水を用意した。持っていきなさい」。三郎は竹製の水筒を一郎に差し出した。

「三郎さん、今日のこと、パパには黙ってて・・・」

「わかっとる。君たちも、わしに会ったことは言うな」

「三郎さん、もうひとつお願いがあります」

「ん？」

「また来ていいですか？　三郎さんに、もっとダムのことを教えてほしいんです・・・」

「おいおい、わしはダムの専門家ではない。ダムのことならお父さんに聞きなさい」

「・・・パパは話してくれません」

「話してくれない？　・・・こんな大切な問題を」

「・・・はい」

暫く考えた三郎に、アイデアが閃いた。

「宿題をしてくるのなら、次の日曜日に会ってあげよう」

「宿題？　・・・一番苦手なやつだなぁ。どんな宿題ですか？」

「読書感想じゃ」

「えーっ！」。絶句した一郎が、念のために聞いた。

「どんな本ですか？」

「賢治さんの本『虔十《けんじゅう》公園林』と『毒もみの好きな署長さん』2冊だ」

「2冊も？　それに難しそうな題名ですね。『拳銃公園林』って、強盗が拳銃を公園の林に隠す話ですか？　それに『毒もみ』なんて言葉は聞いたことがない・・・」

「これこれ、題名だけで判断してはいかん。知識の森のナビゲーターは読書だ。言っておくが、要する時間はどちらも10分程度。20分あれば2冊読み終える短い作品だ」

「なーんだ、そんなに短いのですか？　だったら読んでみようかな」

「時間に気を取られず自分のペースで、実際に物語の現場にいるつもりで読みなさい。まず一度読み、後でもう一度読み直す手もある。そして感想を持って来なさい。感じたまま、わしに聞かせておくれ。これが宿題だ」

「トライしてみます」

「よろしい。待ち合わせ場所は登山口の休憩所にしよう」

「わかりました」

「・・・」。立ち去る兄弟を見送りながら、思い出したように三郎は声をかけた。

「判らない文字遣いがあれば、お父さんに聞くのじゃよ」

一郎は振り返っただけで返事はしなかった。


よく晴れた次の日曜日、３人の少年が登山口に着いた。

兄弟が休憩所の屋根のクスノキを見ていると、背後の杉の木立にピューと音がして、三郎が現れた。

「今日は１人多いようだな？」

「お早うございます、三郎さん！」

「お早う。ケガは治ったかな？」

「はい、大丈夫です。今日は友だちを連れて来ました。おい、自己紹介しろよ」

一郎は、緊張している友だちに促した。

「初めまして・・・ゴーシュです」

「ゴーシュ？」

一郎が代弁した。

「ゴーシュはこいつのニックネーム。読書好きで、宮沢賢治の本をいつも読んでます。三郎さんのことを話すと、どうしても行きたいって頼むもんだから、連れてきました」

「ほほう」

「こいつ、本だけじゃなく音楽も好きなんですよ。チビのくせに得意な楽器が・・・」

「チェロだろう？」

「当たり！」

「ところで、宿題を忘れてないだろうな」

「ちゃんと読みました。賢治さんは凄い人です。『虔十公園林』を読んで、子供にとって必要なものは自然の遊び場だと分かり、『毒もみの好きな署長さん』では、おまわりさんって、江戸時代も賢治さんの時代も、権力を活かして悪いことをする人だと、分かりました」

「二郎君は？」

「弟には無理だから、一応読んで聞かせましたが、『毒もみ』のあらすじを知ってガッカリ、いいえショックを受けてます。おまわりさんも市役所の職員も、地方公務員ということを知ってますから、パパも同じようなことをしているんじゃないかと・・・」

「一郎君はどうなんだ？」

「僕も似たような気持ちです。将来は一応、公務員を希望しているので・・・」

三郎は、ゴーシュにも質問した。「君は何になりたいの？」

「僕は教師を希望しています。本当は童話作家か音楽家になりたいけど、そっちでは食べていけないから・・・」

「おまえ、しっかりしてんなぁ」。一郎が冷やかした。

「ゴーシュ君の感想も聞かせてくれ」

「はい。『虔十公園林』は5回ぐらい読みました。読む度に発見があります。普段、気が付かない物の中に潜む重要性とか、どんな人物もキラリと光るものを神様から与えられている平等性だとか、本物の価値は時間が経って判るとか、限りなく捉え方があります。『毒もみ』でも、役人の本質は時代が移っても変わらないと語っているようで、驚くのは、賢治さんが責任の取り方にまで言及していること。つまり警察官もサムライ。悪事が発覚したら言い逃れをせず、非を認める潔《いさぎよ》さを忘れるな、と解説するようで・・・」

「素晴らしい！　ゴーシュ君は大変に素晴らしい。良い表現力を持っておるぞ」

一郎も賛辞を惜しまなかった。「おまえ・・・ほんとスゲェな！」

「大感激したご褒美だ。今日は君たちに社会見学をさせてあげよう」

「僕たち、何も準備をして来てません」

「なーに、2～3時間で戻って来れる、バーチャル旅行だ」

「バーチャル旅行？」

「わしが『どっどど　どどうど』と唱えたら、君らは目を瞑《つむ》り、『どどうど　どどう』と応えるのじゃ。後はわしに任せなさい」

「・・・・」

「用意はいいかな。行くぞ。『どっどど　どどうど』」

「・・・どどうど　どどう」

突然、強風と共に3人の身体が宙に浮き、凄いスピードで上空を飛び始めた。


【偉人と公共工事　①和歌山県・広川町】

速度が緩むと、ゴーシュが聞いた。「この形は紀伊半島ですね？」

一郎にも判った。「ほんとだ、淡路島もきれいに見える」

海沿いの上空に差し掛かると、3人は気球に乗り換えた。

「着いたぞ。最初の見学地がここだ」

気球はゆっくりと、上空20メートルまで降下した。

「あっ、人が歩いてる。オーーーイ」。二郎が叫ぶ。

「聞こえないよ。下からは気球が見えない」。三郎が説明した。

「ここはどこですか？」

「ここは和歌山県の広川町。昔は広村と呼ばれたところだ」

「あ、堤防がずーっと延びてる。人の銅像もあるよ、何か手に持ってるみたい」

「ここは昔、津波に襲われた現場だ」

3人は瞬きもせず、三郎の話に耳を傾けた。

「165年前の11月、夕方。ここにマグニチュード8．4の大地震が発生した。津波の到来を察知した濱口梧陵《はまぐちごりょう》さんは、村人を八幡神社へ避難させたが、海岸には逃げ遅れた人たちがいた。日は暮れて辺り一面闇のなか、逃げ道が判らない村人は右往左往。ごりょうさんは咄嗟に、灯りを目印にしようと、稲架《はさ》掛けされた田んぼの稲わらに、松明《たいまつ》で火を点けた」

「携帯があれば、すぐ知らせられるのに・・・」。二郎が言った。

「バカ！　この時代にそんな物があるか。半鐘は無かったの？　三郎さん」

「ほう、半鐘を知っておるのか？　・・・無い。周り一面、田んぼだけじゃ。運良くその日は乾燥していたので、たちまち火は燃え広がり、海岸にいた人たちが気付いた。『火事だ！　ごりょうさんの家だ』。口々に叫び、駆け出した。それを見たごりょうさんは、『津波が来る。神社へ逃げろ！』。必死で高台へと誘導したのだ」

「・・・それから」

「村人が駆け上がってすぐ、津波が海岸に押し寄せた」

「全員助かったの？」

「そうだ。ごりょうさんの判断と行動が村人たちを救ったのだ。この実話を『稲村の火』と呼び、後の世に言い伝えられておる」

「じゃ、あの銅像がごりょうさんで、手に持ってるのが松明ですね？」

「そうじゃ、だがこれで終わりではない。君たちに知って欲しいのは、これから話すことだ、しっかり聞いておくれ」

「はい」

三郎は、３人の関心度をひとりずつ確認した。

「津波で家屋が失われ、食料もなく、不安と寒さで体調を崩し、亡くなる人が後を絶たなくなる現状に窮したごりょうさんは、村人をお助けくださいと、紀州藩に支援を求めた。さあ、お役人はどんな対応をしたと思う・・・」

３人は固唾《かたず》を飲んで三郎を見ている。代表して一郎が答えた。

「東日本大震災の場合。ええと、公民館にお年寄りや子どもを避難させ、自治体が食料・水・毛布を用意して、ええと、ボランティアが集まって炊き出しが始まり・・・」

「今と昔は違う。それほど備えはできてない・・」。賢いゴーシュが窘《たしな》めた。

「・・・回答は『ノー』。何もしなかった。藩の財政は破綻寸前で、資金がないというのが理由だ。現代では考えられない返答だろう？」

「エーっ」「そんなバカな！」「信じらんなーい」。３人全員、納得がいかない様子だ。

「愛想を尽かした住人たちは、村を捨てて出て行くようになった」

「行くとこ、あったのかな？」

「この時だ。ごりょうさんが堤防建設の決意を固めたのは。ごりょうさんには確信があった。津波はまた来る、必ず来る。だが来てからでは遅い、早急に防波堤を造る必要があると。然し紀州藩は金がない。結局、どうしたと思う？」

一郎が答えた。「分かりません」

「想像するのだ。君たちも一緒になって考えるのだ」

「諦めるしかないでしょう。だって、もの凄いお金がかかるんでしょう？」

三郎は堤防を指さした。

「ごりょうさんは私財を投げ打ち、堤防を築こうと決めた」

「えっ！　自分の財産を、ですか？」

「そうだ」

「大金持ちだったのですね」

「ごりょうさんは、醤油工場を2つ持っていたし、貯えがあった」

「でも・・・凄いな」

「凄いのは、それだけじゃない。村人に自ら賃金を払い、人夫として雇って工事をさせたのだ」

ゴーシュが突然叫んだ。「分かった！　村人に仕事も作ってあげたんだ」

「その通り、正にその通り。良くそこに気が付いた」

「それから・・・」

「4年の歳月をかけて、ついに村人全員で長さ900m、高さ4．5mのあの堤防を造り上げたのだ」

「やった！」「・・・凄いや」「へーぇ」

「全て手作業で、建設機械など無い時代に・・・」

「それって本当の話ですか？」

「ちゃんと本人の手記や、当時の書物に詳しく記されておる」

「昔の日本には、凄い人がいたんですね」

「その功績は代々語り継がれ、毎年ごりょうさんの偉業を讃えるお祭りで、地元の中学生が堤防の清掃をして供養している」

「で、堤防が完成した後、津波は来たんですか？」

「説明を忘れておった。ごりょうさんの予測通り、88年後に再び津波が襲ってきたが、避難経路が整備されていたので、被害は最小限で済んだそうだ」

「もっと・・・もっと、ごりょうさんのことを知りたい」

「佐世保に戻って調べなさい。疑問を持って調べれば、様々な事実が分る。人の話は80％の割合で聞き、残り20％は自分自身で学習して埋めるのだ。今はネットで検索できるし、先生に聞いても良い。そうすれば、費やした時間が知識に変わるのだ」

【偉人と公共工事　②秋田県・秋田市】

「日本海に出ましたね、三郎さん。今度はどこですか？」。一郎が聞いた。

「次は秋田市だよ、男鹿半島の付け根が見えるかな？」。三郎が海岸線を指した。

「松林が長―く、続いてます」

「あの松林も、最初はたった1人で植え始めたんじゃよ」

「まさか？　ハンパ無いって！」。サッカー好きの二郎がおどけた。

「オオサコ選手の真似をすんな！　マジにやれ」。一郎が弟に注意した。

「当時の日本近海は外国船が出没する時代だった。幕府の老中・松平定信は、これに危機感を持ち1791年、海岸をもつ諸藩に対し、警備の万全を期すよう令達した。日本海を臨む秋田藩の場合、ロシア船を警戒して海岸に見張り番所を建てた。その番人に選ばれたのが栗田定之丞《くりたさだのじょう》という侍だ」

「で、ロシア船は現れたのですか？」

「栗田さんの任期だった一年間、幸い外国船は現れなかったが、それ以上にショックを受けたものがあった。何か分かるかな？」

「わかりません」

「飛び砂だ」

「砂が、どうやって飛ぶのですか？」

「冬から春、日本海に吹き続ける北西季節風が、砂を飛ばして田畑を埋めてしまうのだ」

「僕たち九州の人には想像がつきませんね」

「毎日、沖を眺める栗田さんの両眼にも砂は襲ったが、それより、飛び砂が海辺の耕作地を侵す恐怖に、どうにかならないか、寝食を忘れて策を練った」

「何かアイデアを思い付きましたか？」

「思いつく前に、任期切れで職を解かれた。昇進したものの次の職種は物書き。今でいう事務職みたいなものだ。飛び砂のことが頭から離れない栗田さんは、藩に自ら砂留役を願い出て受け入れられた。移動先の砂丘を数十キロ歩いて分かったのは、砂地は年々面積を広げ、田畑だけでなく、家まで埋め尽くしていること。ついに防風対策に半生を賭ける覚悟を決めた栗田さんは、秋田藩に砂防植林の必要性を説き、直訴したが・・・」

「・・・どうなりました?」

「藩の回答は・・・却下」

「きゃっか・・・ダメってこと? ウソでしょ!」「また?」「ここでも?」

「理由は、ここも財政難。巨額の費用がかかる人夫を雇う金は出せないという」

「ウソだろ!」「信じらんなーい」「今の日本みたいに借金して調達すればいいのに」

「いくら何でも、栗田さん1人で80㎞もの海岸に植林をするのは無理。栗田さんは村々を訪ね、金は出せないが手伝ってくれ。頼んで回ったが、協力する村人はいなかった。そんな雲を掴むようなことができるわけないと、まったく相手にしなかった」

「それは判るけど・・・みんな冷たいな」

「加勢を諦めた栗田さんは、仕方なく1人で着手。しかも栗田さんにとって初めての挑戦だ。確実で可能な方法を学習しながら進めた。苗が吹き飛ばされたり、枯れたり、根を張らなかったり、度重なる失敗を肥やしにして立ち向かった」

「どんな方法で？」

「例えば、最初はワラを束にして砂に半分埋める。それを壁にして柳の苗を植える。その脇にグミとハマナスを植える。次の年に、グミの側にネムの木を植える。これらが全部根付いたのを確かめ、最後にメインの黒松を植える。何年も何年もかけて・・・」

「気が遠くなる」

「8〜9年を費やし、それらの植物が砂の上にも生えることを証明すると、藩も村人も驚いた。本気で取り組めば、汗だけでなく知恵が出る。八方ふさがりの暗闇に光明も射す。模索すれば要領が分かってくるし、飲み込めも早い。ヒントが閃いたら、それが実行のスタートボタンになるのだと・・・」

「思い知ったか！」「昔の人は偉いですね」「根性がハンパない」

「全く、頭が下がる。いつか必ず分かる日が来ると、栗田さんは見本を示したのだ」

「そして？　それから？」。先を知りたがるゴーシュが、繰り返し聞いた。

「そのうち、栗田さんの熱意に動かされ、1人2人と手伝う人が現れた。仕舞いには、村人総出で加勢するまでになった」

「で？」。ゴーシュの目は潤んでいた。

「見れば分かるだろう。もう一度海岸線を見てごらん。しっかりと砂浜で強風を防ぐ松林を。23年かけ、グミと松３００万本の大造林を成し遂げた偉人の足跡を・・・」

　感動した3人が一斉に拍手した。

「砂浜から延びた白い道の先に見えるのが、栗田さんが祀られている栗田神社だ」

「僕たちは、知らないことがいっぱいあるね」。屈託なく言ったのは二郎だった。

「さあ、九州へ戻ろう。バーチャル旅行、今日最後の見学地だよ」

「九州にもあるのですか？」

「探せば日本各地、沢山あるはずだ。取り敢えず今日は、思い浮かんだ身近な例を見てほしくて選んだ。さあ、いいかい？　どっとど、どどうど」

「どどうど、どどう」

【偉人と公共工事　③福岡県・うきは市】

「ここがどこだか、わかるかな？」

「ところどころ、土砂を被っていますね。洪水の跡みたいに」

「ここは福岡県の朝倉市。覚えているだろ？　一昨年に被害を受けた・・・」

「ああ、大雨で土砂崩れが発生し、家が押しつぶされるシーンをテレビで見ました」

「沢山のボランティアの支援で、かなり復興してきたようだ」

「ここにも偉人さんがいたんですか？」

「そうだ。三例目の主役は個人ではなく、グループだけどね」

「・・・」

「筑後川の対岸に、神社が見えるだろう？」

「鳥居が見えます」

「あれが長野水神社。５人の庄屋が祀られている」

「・・・」

「昔、川底が深く、流れも速い筑後川からは田んぼに水を引けず、農民は低い土地に僅かな水田を、林や荒れ地を開墾して畑を作っていた。しかし日照りが続くと枯れてしまい、雨が降り続けば大水となって作物は水浸し。収穫がゼロの年もしばしばあり、貧乏に耐えかねて村を逃げ出す農民もいた」

「・・・」

「この惨状を目にした5人の庄屋さんが集まり、上流に堰を作って川水を引けば、畑を水田に変えられるし、水不足も解消。おまけに藩の収入も増える利点に気付き、早速水路図や企画書を携《たずさ》えて、久留米藩に願い出た」

「測量や計算はどうしたのですか？」。父が設計士というゴーシュが食いついた。

「そんなノウハウなど一切無い。10㎞の道を徒歩で往復し、計算も手作業だ」

「正確にできたのかなぁ」。ゴーシュは興味津々だ。

「ここで想定外の問題が起こる。別の村の庄屋たちが計画に異議を申し立てた」

「え、何で？」

「水を引くのは良いが、もし大洪水を起こしたら、自分たちの村の田畑は流されてしまい、被害に遭う危険性が高いと言い出した」

「簡単に、ことは運ばないものですね」

「これに怯まず、5庄屋は工事の必要性を声高に唱え、決して損害はかけない、何かあれば全責任をとる覚悟だと諭した。これが効いて、反対派は渋々引き下がった」

「やっとスタンバイＯＫ？」

「そうはいかん。久留米藩は真っ先にプライドを重視した。もし失敗すれば笑い者になり、藩の威信を損ねると、面子《めんつ》にこだわり、ＯＫを出すのに躊躇《ちゅうちょ》したのだ」

「人間がちっちぇーなぁ」

「だが、庄屋たちは意気を失わず、必ず完成させるから許可をください。言い張った」

「男だなぁ」「勇気があんなぁ」「まるで大昔の『プロジェクトX』だ」

「最終的に藩は認可したが、注文を付けた。こんな大事業は、とても庄屋如きの力で完成させるのは無理だから、藩の仕事として行うという達示だ」

「じゃ、資金は藩が出してくれるの？　良かったじゃん」。二郎が勝手に解釈した。

「ところが、どっこい。大義名分に矛盾し、沢山の労働者の工賃、道具や資材等、工事に関する費用は庄屋たちに負担させることになった」

「何？　それ」「許可は出すが、金は出さないよー、てわけ？」

「おまけに、藩は責任について問うてきた」

「できなかったら庄屋をやめさせる、ってこと？」

「そんな生易しいものではなく、藩の達示はこうだ。『工事に着手するのは良いが、水路を折角掘った挙句、もし水が流れて来なかったらどうするつもりだ。磔《はりつけ》は免れぬぞ。お上に対する忖度《そんたく》の姿勢、分かっておろうな』と、圧力をかけた」

「アホか！」「工事の許可は出す。金は出さん。口は出す。プレッシャーはかける・・・」

「5人の庄屋は臆せず、『成功しなければ、みんなの見せしめにして結構。私たちは喜んで刑を受け、お詫びします』。こう申し立てた」

「かーっこいい」「さーすが」「やりますね！」

「いざ工事が始まって藩が取った最初の行動は、工事現場の出入り口に、磔用の十字に組んだ人柱《ひとばしら》を立てること。失敗したら、約束通り死んで貰うよ・・・。念を押した」

「そんな物をこしらえるにしても手間ヒマがかかるでしょ。山へ丈夫な木材の切り出しに行ったり、現場まで運んだり、削ったり、地中深く掘って柱を立てたり・・・しかも5人分。そんな時間があれば、現場作業を手伝えっつうの！」

「そうだ。これがお役所の実体で、今も同じ。面子や体裁が優先するのだ」

「周りの反応は？」。冷静なゴーシュが要点に触れた。

「『庄屋さんたちを見殺しにはできない』。村人たちは一致団結して溝を掘り、モッコで土を運び、夏の暑さ、寒い冬をものともせず、一生懸命作業に従事した」

「簡単じゃなかったでしょうね」

「ダンプカーやブルドーザーは勿論、セメントも掘削機も無い時代だから、溝の両岸は石を積み上げ、土手にするしかない。人力には限りがある。牛や馬の力を借りて運搬し、堰や水門を作るのだから、いかに骨を折ったか、想像してみることだ」

「で、工事は完成したのですか？」

「人がその気になれば強い。本気でやれば壁は必ず乗り越えられる。予定より早く工事は完了。完成後、勢いよく溝を流れる水脈を見た人々の感激。これも想像してごらん。述べ４万人が流した汗と涙で、75ヘクタールの田んぼに水が行き渡るようになったのだ」

【偉人と公共工事　④おさらい】

「さあ、君たち。急ぎ足だったが、バーチャル旅行はどうだった？　３カ所訪れての感想が欲しいな。まず共通点を挙げてみようか」

「３つ全部、村に大切な事業だった」。真っ先に二郎が答えた。

「人々の生活に、絶対必要な大事業だったのに、どこもお役所は金を出さなかった」

複雑な表情を浮かべ、お役所を責めるように一郎も答えた。最後に、感想を述べるのが得意なゴーシュがまとめた。

「どのケースも、頼りない藩に見切りを付け、逃げ出しかけた村人たちを留《とど》めたのは、民間人か一個人の強い熱意。情けないのが藩。莫大な資金と労力を村人に出させて知らん顔。発起人たちの、お上がやらなきゃオラたちでやるしかない。生命をかけて取り組む覚悟が伝わりました。・・・石木ダムの場合、財源はあるんですか？」

「国と佐世保市が負担することになっている」

「じゃ、問題ない」。二郎が安心した。

「いやいや、違う、違う。金の工面が付けば造れる話ではない。肝心な点はダムを造る意味がないということ。佐世保市の水供給量は、当初の需要予測より右肩下がりで進行中だし、人口も減り、ダムの必要性は年を追うごとに無くなっている。建設地である川棚町も水の問題点は特に無いのだ。要するに、将来の水不足に備える事業なら容易に国の認可が下りるので、佐世保市はまず利水事業を申請し、ついでに川棚町の治水対策事業を付け加えた。こうすれば川棚町にもメリットが生まれるし、国庫負担金がさらに見込める。地元の役人が悪知恵を絞って、国に申請しただけのこと」

「じゃ、無いなら無いで済む話？」

「そうだ、現時点では全くダムは不要。この44年間が何よりの証拠だ」

「石木住民の対応は？」

「計画を撥《は》ねつける地権者が多かった」

「ずっと住んでいる集落を、誰だって離れたくないから・・・」

「だが、『ダムは絶対必要。必ず造りますから、どうか明け渡してください』。頭を下げて説得する県側に根負けし、嫌々ながら土地家屋を手放す地権者が増えてきた」

「そして、最後まで残った地権者が13世帯・・・」

「そうだ。水が不足するという見込み計算に合点がいかぬ、13世帯の地権者たちは市の水道局にデータの提出を求めた。納得いく根拠をきちんと示してくれ、県民にも判るよう説明してくれ、とね」

「で、市水道局は応じたのですね」

「すると、水需要の予測計算が杜撰《ずさん》で、ダムを造るためにでっち上げた数字だったことが明らかになった」

「猛抗議されたでしょうね」

「勿論だ。非難を浴びた水道局は答えに詰まり、言葉巧みに『予測値というのは、リスクに備え、余裕を持たせる数字。実績値と差があって当然』と嘯《うそぶ》き、居直っておる。僅かな違いなら納得もゆくが、雲泥の差を認めぬこの発言は歪曲しておる」

「じゃ、計算をやり直したの？」

「いいや、『やり直せ！』の声には断じて応じず、ダムの必要性も撤回しなかった」

「どうして？　どんな人間にも間違いはある。でも間違えた時は素直に訂正しないと、パパからいつも言われます」。二郎は口を尖らせた。

「応じても、次に別の個所を指摘されれば、またボロが出て、さらに誤りを認めなければならない。ひとつひとつやり直せば、最終的に需要予測量を大幅に減らすことになり、市民に『それじゃ、ダム は要らない』と判断され、墓穴を掘ってしまうからだ。ダム建設は市議会で決定されたこと。そして県や国交省が承認したこと。それを今になって計画を覆すのは恥になるから、一度挙げた拳《こぶし》は絶対に下せないと、お役所は面子にこだわっておる・・・」

「久留米藩のケースと一緒だ」。ゴーシュが嘆いた。

「ここに新聞のスクラップがある」

三郎が取り出した朝刊の切り抜きを、少年たちが覗き込んだ。

「10年以上前の全国紙の記事だ。佐世保市には米軍の基地がある。ダム争議を聞きつけた米軍関係者たちは、他人事ではない、協力しようと、基地全体で節水活動に取り組み、驚くほどの成果を上げた。本気でやればこれだけできます。お手本を示したのだ。さあ、ここで質問。対する市水道局の反応は、どうだったと思う？」

「誰が考えても、『ありがとうございます。今後も、引き続きご協力願います』でしょ？」

「そう、そう」。二郎がボソッと呟いた。

「市の広報誌にコメントを載せる機会もできた。『この様に市民全体で協力して頂ければ、ダム建設構想は白紙に戻せるかもしれません、とね』」

「そう、そう」。また二郎が言った。

「意に反し、水道局が出したコメントは、『そこまで、しなくても・・・』だった」

「えっ？　パパたちは嬉しくなかったの」。二郎が逆にガッカリした。

「まるで、『そんなに節水したら、ダムを造れなくなるじゃないか。正直ありがた迷惑。余計なことをしやがって・・・チェッ！』と言わんばかり。舌打ちが文面から届きそう」

「まさか・・・」

「論より証拠。ほら、記事を読んでごらん」

「・・・確かに、本音が読み取れる」。確認したゴーシュが首を傾げた。

「そもそも、自治体側がダム計画を提唱しても、建設の許可が簡単に下りるのですか？」

「国交省・九州地方整備局で事業認定される決まりだ」

「審議はどうやって行われるのですか？」

「社会資本整備審議会・公共用地分科会・・・長すぎる名前だから憶える必要はないぞ。お役所の一組織と思えばよろしい。この第三者委員会で決められる仕組みだが、あくまでこれは形式上のこと。実際は・・・」

「違うのですか？」

「国交省内の、建設に賛成する担当者が進行役になり、８人の委員を選んだ」

「それだと、判り切った結果が出てしまい、公平とは言えません」

「そうだ。そして判定が出た。判るよね？」

「ダムを必要と判断する結論・・・」

「これがお役所のやり方だ」

「インチキだ！」

「国が下した判断を、国民は知る権利がある。さて、どんな人物が委員に指名されたのか、どんな意見が交わされたのか、知りたくなるよね」

「僕も興味あります」

「すぐにインターネットで調べて、呆れた。審議に参席した8人の委員たちの氏名は、人物を特定できぬよう、苗字だけしか公表せず、下の名前と肩書を載せなかった。詳細を巧みに隠したのだ」

「きったねー」

「それだけじゃない。発言内容はことごとく塗りつぶされ、まともな議論がされたのか怪しく、賛否の意見を議事録から拾うことはできなかった。情報公開が聞いて呆れる。挙句、進行役が最後にひと言、『それでは、本件につきましては、九州地方整備局長より提案のあったとおり、事業認定をしてよろしい旨を公共用地分科会の意見としたいと存じますが、よろしいでしょうか。御異議ございませんでしょうか』。【※原文のまま】問いかけ、『・・・報告につきましては、私に御一任を頂戴できますでしょうか』と続けて、『異議なし』の声を、有無を言わさずに引き出した痕跡が窺える。この宣言部分だけは塗りつぶさず、さも審議が公正に行われたように見せかけた。反対の声があったかもしれないが、それは無視したのだろう。かくして、お役所側で一方的に決めた恰好だ。

「ホントですか?」「・・・」「バカにしてる!」

「議事録に、証拠として残されている」

「ずるいなぁ」

「例えばボクシングのタイトルマッチで、AとBの対戦が決まったとしよう。普通は、主審（レフェリー）も副審も両選手と利害関係のない第三者が選ばれる」

「野球だってサッカーだって、試合の審判は皆そうですよ」

「だが信じられないことに、Aの親戚が主審に就き、その主審が副審を指定して

ゴングが鳴った。決着は判定に持ち込まれ、果たしてAの勝利が宣言された。負

けたB側は判定表を見てビックリ。判定表は一面、真っ黒にマジックインキで塗

られ、各ラウンドで両選手がどう採点されたか、教えないのと同じことだ」

「それで済むの？」「そんなの、ないよ！」「八百長の方がまだ増しだ」

「要するに、お役所はお役所に味方する習性があって、民意は無視され、封建時

代と何も変わっていないのが今の行政だ。これがニッポンのお役所だ」

「おまえ、それでも公務員になるの？」。ゴーシュが一郎を茶化した。

「教師だって、公務員じゃないか！」。一郎もゴーシュにやり返した。

「この認定を受け、県庁内に収用委員会が設けられ、現在強制収用に向けて進め

られているところだ。当然のことながら、収用委員会もお役所だからね」

「裁判を起こせないの？」

「今、説明しただろう。裁判に持ち込んでも、ロクに調べもせず民意は却下される。裁判所だってお役所だから、最後はお役所の肩を持つのだ」

「どうしたら、そんな仕組みを変えられるんですか？」

「国民全員で抗議するしかない。一部や半分程度じゃ埒《らち》が明かない。わしはつくづく思うのじゃが、昔のお役所みたいに、『金が無いからできぬ』。こう言ってくれたら、どんなに国民は救われるだろう。現代で聞きたい言い訳だ。自治体側が繰り返すように、もし絶対必要な事業であれば、計画から44年も経った今、とうの昔に完成していなくてはおかしい。建設構想が却下されれば、国民が自分たちを犠牲にしてでも造ろうとするだろうし、天文学的な金額の借金を、若い君たちに負わせるリスクも減る。さらに、祖先から受け継いだ美しい自然を、君たちの子孫に残せる。おそらく賢治さんも、それをイーハトーヴで祈っていることだろう」

【越後屋は誰だ】

「そうまでして、県側はどうしてダムを造ろうとするのでしょう?」

「旧地権者たちに対する約束の履行だろう。10年以上前、テレビのローカルニュースで前知事の本音を聞いたことがある。反対する地権者たちが県庁に出向き、前知事に建設計画中止のお願いをした直後のインタビューで、報道陣へのコメントが、『そんなこと言われても、立ち退いてくれた元地権者がいるのだから・・・』。顔を顰《しか》め、元地権者を気遣うコメントに疑問を持った。だって、そうだろう。治水と利水がダム建設の目的なら、水の必要性を努めて強調しなければいけない。知事本人も水不足を懸念していない。そう確信を持ったシーンだった」

「約束は守らないといけないよね」と二郎。

「勿論だが、だからと言って、不要なダムを作って良いという理由にはならない。総額で540億円近い税金が使われるのだから」

「あれ？　新聞には、２８５億円って書かれてなかったっけ？」

「それはダム建設費だけの予想額。関連費用２５３億円も含めると、倍近い５３８億円が、文字通り水の泡になる計算だ」

「エーッ！」「知らなかった」「そこもハッキリ公表すべきですよね」

「これが役所の常套手段。低い数字を強調して示し、別の大きな数字は、なるべく表に出さぬ手だ。『どうして、はっきり区別表記しなかったの？』。後で問い詰められたら、『質問されなかったから、言わなかった。聞かれれば、ちゃんと答えました』。これで片付ける。これが役所の問題回避術」

「５３８億かぁ。ピンとこないけど、何か他に必要な使い方がありそうですね」

「実際は５５０億を超すだろうね。いざ工事を始めても、完成間近になると、間違いなく予算が足りなくなるのが通例。あれも、これも、それも・・・と、追加予算を申請する。当初の予算をいくらオーバーしても、承認されると判っているから、県側は心配しない。だって95％進捗した工事を、未完成のまま中止できるかい？」

「・・・できない」

「さて工事が終わり、どのくらい建設費がかかったか累計すると、とんでもない額に跳ね上がっていて、幾ら何でもかかり過ぎだ。非難されても、完成してしまえばこっちのもの。今更、ガタガタ言いなさんな、で幕を引く」

「旧地権者たちが、できれば離れたくなかったのに、県を信用して立ち退いたんだから、意地でも造れという言い分には、少し納得・・・」

「ダムは意地で造るものだろうか？　あくまで、利水の必要性で造るもの。況《ま》してお役所のいうことを、疑いもせずに100%信用するのも問題がある」

「？」

「世間一般の常識に照らし、『果たして本当に必要な公共事業？　同じ発想で建設に至れば、日本全国あっちこっちで、ダムがむやみに造られてしまい、それこそ湯水のように無駄遣いする状況を招かないだろうか？　限りある自然に感謝して使う気持ちを国民は失わないだろうか？』。自らに問う判断力が不足していたと、反省すべきではないだろうか」

「・・・」

「造って貰わなきゃ気が治まらないと、駄々を捏《こ》ねるのは大人気ない。何はともあれ、新天地で既に生活を始めているのだから、諦めも大事だ。それでも『ダムを造れ』と言い張るなら、どうして最後の最後まで抵抗しなかった、と戒めたい。旧地権者たちこそ原点に返り、将来水が不足するかどうかだけの一点に焦点を絞り、議論に加わるべきなのだ」

「つまり、旧地権者たちへの説得ということですね」

「だが、時間をかけて説得しても、自治体側は建設を諦めない」

「何か、まだあるのですか？」

「長崎県は、公共工事をすることが行政だと勘違いしている。だから、やたら工事をやりたがる。後先の問題点を考えず、採算計算はその場凌ぎ。そして詰めが甘く、いつも失敗する。それでも懲りずに続ける。始まってしまえば行政主導。最終的に、後始末は後継者が何とかやってくれるだろう・・・。これがお役所だ」

「・・・」

「例えば諫早湾干拓問題。聞いたことがあるだろう？　君たちが生まれる前の出来事だけれど、農民と漁民の論争を国と県で原因を作った、愚かな公共工事だ」

「車で通ったことがあるけど・・・ケンカさせるために造った堤防道路なの？」

「わざとではないけれど、いい大人が、ケンカが生まれるかどうかの判断ができず、周囲の反対を押し切って造った工事。いわば失敗作だ」

「失敗だなんて、夏休みの宿題で作った工作みたい」

「模型なら笑えるが、総額２５００億円以上の税金を投入して造った、本物の不良品だ」

「やらなくて良かった公共工事？」

「正確に言えば、『判断を誤った公共工事』と言えるだろう」

「何のための工事？」

「戦後の食糧難で、米の収穫量を増やそうとしたのが発端。干潟から海水を抜き、田んぼにしようと計画したが、70年代になり米が余るようになる。ここでやめれば良かったのに、『それなら農地にして野菜を作ろう。待てよ、堤防道路にすれば防災対策にもなる』。オマケの理由を付けて続行を決めた。漁業者には『ほとんど影響はない』と説明して」

「石木ダムの場合は、県は最初に佐世保市の水不足を主な理由にして、ついでに、川棚町の水害対策を、オマケに付けたんだったよね」。二郎が確認した。

「お、よく覚えていたな。偉いぞ。・・・だが、海水の浄化作用、自然の生態系が壊れ、有明海の海苔が変色し、漁業被害が続出した。漁業者側が、『排水門を開けろ！　開けないなら、一日当たり49万円の制裁金を漁業者に払え』と提訴し、高裁で勝利の判決が下されたが、開けないまま、国は年間1億８０００万円を支払わされた。これは勿論、税金だよ。農業者側も反発して、『もう畑はできている。

塩水が入ると耕作できない。開けるな！　開けるなら、一日49万円を農業者に払え。訴えると、地裁も勝利判決を出した。つまり、開けても開けなくても、どちらかに国は金を払わなければならなくなる、奇妙な採決だ』」

「僕は納得できない」

「真に以《も》ってお粗末な判決だ。後に裁判所は、増額まで認め、制裁金額は一日90万円に跳ね上がった。これまでに払った額は12億円。未だ決着は付いていない。バカみたいな話だ。言っておくが、これは他県や外国相手の問題ではなく、長崎県内の出来事だよ」

「これが公務員の仕事？」

「本当に必要かどうかを考えなかった、国の計画の進め方が原因だ。米が余った時にやめておけば、この愚かな問題は絶対に起きなかったし、無駄な税金も使わずに済んだのだ。前高知県知事の橋本大二郎さんは言う。『ここまでお金をつぎ込んだのなら、ここでやめたら全部チャラになる。もうちょっとやれば、何とかなりますよ』。お役所的考え方だと」

「石木ダム計画も、今やめれば、まだ間に合いますか？」

「まだ本体工事には着手していないから、撤回する機会は今しかないし、今しか諫早湾干拓道路失敗の教訓を活かす時はない」

「やるなら、今でしょ！」「やめてほしいな」

「やめられない、とまらない。これは、かっぱえびせんのコマーシャル。やりだしたら、とまれない。これがお役所事業のスローガン。信号が黄色の点滅なら止まればいいのに、無理に渡ろうとするから事故に遭う。その代償はツケとなり、先で最終的に国民に負担させる結果を招くのだ。黄色は止まれの合図。交通ルールを守り横断歩道の前で待つ幼稚園児たちを見習わないと、5歳児のチコちゃんに叱られますよ。『ボーッと生きてんじゃねぇよ！』ってね。件《くだん》の農地。見た目は青々としているけれど、現実は赤い危険信号が点滅中。一方で、有明海は魚介類が育たず、漁民の暮らしに影を落とすように、水は黒く濁っている。お役所は本来、頭が良い人の集団のはずだが・・・」

「農地の経営はうまくいってるのですか？」

「一部の営農者から、畑に基礎的問題があったとクレームを付けられる体たらく。投下資本がきちんと回収されているかも不明。着工前には随分と反対意見が出されたが、聞く耳を持たず、無理を押し切って拵《こしら》えた箱モノが、厄介者になっている恰好だ。現職の国会議員二人もひと儲けを企んだのだろう、造成農地に入植した経営団体の中に、前知事で参議院議員の親族が経営する企業が含まれている。その農業生産法人の取締役が前知事の娘、さらに代表取締役を務めるのが、農水省の役人であり衆議院議員の息子でもある」

「・・・」

次に新幹線長崎ルート問題。博多～長崎まで僅か8分早く着くだけのメリットに、費用対効果がないと周辺から大反対されても、一向にやめようとしない。とうとう、ここにきて佐賀県との間にレールの問題が生じ、現在は計画に暗雲が立ち込めている有り様。翻って石木ダム問題。これも言い出しっぺは佐世保市だ。市長さんは頑として、ダム着工の手を緩めようとしない。知った人によると、普段は穏やかな人柄なのに、こと石木ダムの話題になると、険しく表情が一変するという。ダム建設に格別の魅力があるのだろう
「毒もみの好きな市長さんだね」

「ダム建設に、どんなメリットがあるのですか？」

「フィクサーがいるのだろう」

「フィクサーって？」

「影で操っている黒幕のこと。時代劇に登場する『越後屋』だね」

「・・・」

「『越後屋、お主も悪よのぅ・・・イッヒッヒッヒッヒ』」

「思い出した。おじいちゃんの好きな『水戸黄門』に登場する商人だね」

「存在すると断言はできないが、他に考えようがないのだ。消去法で行くと、①

石木集落に金の延べ棒が隠されている事実も伝説もない。②一応、大卒で、市会議員を経て選挙で選ばれた市長さんだ。市民の意見に耳を傾けず、現況や正しい将来が予測できぬ、無能な人物とは思えない。③計画から44年経っても着工に至らず、何ら生活に支障をきたさぬ状態が続いているのなら、ここは一旦矛《ほこ》を収め、改めてダム計画を俎上《そじょう》に載せて議論する策もあるのに、頑《かたく》なに計画を譲らない方針を貫くということは、残す④。いよいよ越後屋の存在しか残らないだろう」

「③を選ばない理由は何でしょう」

「一度棚上げすると、ダムはもう不要という印象を県民に与えてしまうからだ」

「要するに、ダムは元々必要ないんですね」

「本当に必要な物なら、すぐに建設が進められ、何度も計画の申請が出されるはずだ」

「僕はやっぱり、一度議会で承認してしまったからだと思う」

「と、してもだ。一旦白紙に戻すことは恥ではない。キリストやお釈迦様といった、雲の上の人が指示して決まった議案ではない。議員とは言っても、脳味噌は普通の人と寸分変わらないから、忖度するには及ばない。仮に、市に10億の資金が不足したとしよう。支払いに困った時、銀行に相談すれば快く貸す。利子が稼げるからね。議会の承認を得て、銀行からの借り入れが決まったとしよう。しかし、奇特な人が現れ、ポンと10億円、現金で寄付した。つまり、借り入れる必要がなくなった。だが議会の承認を一度得た以上、融資を受けなきゃカッコつかないと、銀行から借りるだろうか？　借りれば多額の利子が発生するし、利子も結局は市民の税金から支払われるのだよ」

「普通は借りないね」「佐世保の市役所なら借りかねない」「ところで、日本はどれくらい借金をしているのですか？」

「昔の日本に金は無かったが、今の日本も借金大国。国と地方を合わせた借金の合計は、軽く１０００兆円を超えている」

「見当がつかない」

「生まれたばかりの赤ん坊からお年寄りまで、１人当たり８００万円の借金を抱えている計算だ」

「パパとママに僕と二郎、一家族で３２００万、それにゴーシュを合わせると４０００万円！」

二郎がつられた。「三郎さんを足したら４８００万円だね」

「おい、わしを計算には入れてもらっては困る」

「何で？　三郎さんも日本国民の１人でしょ？」

「・・・いや、それは・・・さあ、夕方になった。今日は帰りなさい」

「三郎さん！　次の日曜も来ていいですか？　できれば宿題無しで・・・」


【獣たちの集会】


次の日曜日。休憩所に現れた三郎は驚いた。少年たちが６人もいたからだ。

「！　倍に増えたようだな？　一郎君」

「クラスのグループに話したら、どうしても来たいって言うから・・・ごめんなさい」

「いやいや、わしはこれを待っておった。宿題を出さなかったのに、ちゃんと答を用意して来た。わしは嬉しいよ。感じたまま、人に伝えることの重要性を理解してくれて」

「夏休みの自由研究の材料にしたくて来ました」。利発そうな女子が照れた。

「大歓迎じゃ。うんと学習していきなさい。ん？　二郎君、どうした」

三郎は、しょげている二郎が気になった。

「二郎のやつ、パパに話したんです。ダムのこと・・」。一郎が代わりに答えた。

「ほう、何て？」

「『どうしてパパたちは、水の需要予測をいい加減に計算したの？　間違ったなら、どうして修正しないの？』って」

「・・・返事は？」

「するとパパは、『余計なことを考えずに、学校の勉強だけやってろ！』と怒った」

「ふむ」

「僕もパパに抗議した。『パパはダム建設に反対って言えないの？』って」

「・・・」

「パパは少し考えて、『反対したら、後が怖い』。困った顔で、『上の方針に背くと、期末手当が減らされ、出世コースからも外される。それだけじゃない。離島に飛ばされ、周囲から睨まれ、職場に居づらくなる。パパがそんな目に遭っても平気なのか？』と、僕たちを代わる代わる見た。パパはハッキリ言わないけど、ダムは要らないと思ってるみたい」

「公務員が嫌になったか？」

「正直、複雑・・・」

ゴーシュが助け舟を出した。

「嫌にならなくていい。公務員になっても、間違いは間違い、おかしなことはおかしいと、言えばいい。一生ヒラのまま退職してもいいさ。バカ正直で通した人生を勲章にして・・」

「おまえ、いつもカッコいいことというな」

「君たちの道だ。ゆっくり決めればいい。・・・・さあ、見学を始めようか」

「今日も遠くへ行くんですか？」。二郎が目を輝かせた。

「今日はこの周辺だ。集会に行くよ。いいかい？　どっどど　どどうど」

「どどうど　どどう」

一瞬だった。一行が着いた場所は、休憩所から然程《さほど》離れていない岩山の洞窟で、入口が草で覆われていた。

「さあ、後に尾いておいで。頭を打たないように気を付けて」

三郎は半腰で歩き、みんなが続いた。暫く行くと灯りが見え、話し声がしたので、立ち止まった三郎が口に指を当てた。

「今ここで、獣たちの集会が開かれている。わしたちが今日、ここに来ることは事前に伝え、許可を得ているから心配は要らん。邪魔せぬよう、静かに聞きなさい。良いか？」

一行は頷いた。

石のテーブルを囲み、石木地区に棲息する生き物たちが額を突き合わせていた。

「・・・という訳で、昨日強制収用が決まり、強制代執行が可能になりました」

喋っている者の姿が見えない。それもそのはず、報告しているのは小さなホタルだった。お尻を発光させなければ、どこにいるのか見当さえつかない。

「13世帯地権者の意気が、今高まっています。何としても自分たちの住まいを守ろうと、決死の覚悟です。日本全国のサポーターたちにも情報は届き、結束が固まっています」

「毒もみの好きな佐世保市長さんが、とうとう毒もみの準備を始めたか・・・」

アナグマが悔しそうに歯ぎしりした。

「力のない俺たちを、絶滅させようとしている。俺たちも生きる権利があるのに・・・」

カラスが悔しそうに叫ぶと、イノシシがからかった。

「あんたらは相当、人間から嫌われとるからなぁ」

「おまえが言うな。おまえらはどんだけ郷民に、この集落を柵で囲ませ、電気を流させているると思ってんだ！」

「やかましい。代わりに、罠にかかって犠牲になり、郷民に美味いシシ肉を提供する仲間もいるんだ。おらたちは食料になるが、おまえたちカラスを食う人間は、一人もいねぇ」

「お前たちは頭が悪いから、すぐ罠にかかるんだ。おれたちカラスは賢いから・・・」

「こらこら。仲間うちでケンカするな。今はそんな場合ではない。人様に嫌われようと、役に立つまいと、おれたちは好きで獣に生まれた訳じゃない。人間を含め、生き物同士で共存するのが自然社会というものだ。バカもん！」。マムシが牙を出して一喝した。

「そうだよ」。岩の小さな水溜まりで、メダカがピチャピチャ跳ねると、モンシロチョウが、熱くなったマムシの頭を羽根で煽った。

「ところで、カメばあさん。リストはできたかね？」。冷静なトンボが尋ねた。

「うん。なんとか、五箇条の御誓文ができた」

「御誓文？　そりゃ、明治時代の条文だろ。今は令和だぞ。ばあさん、気は確かか？」

「時代など関係ないわい。『古きを訪ね、新しきを知る』というではないか」

「ばあさんは明治の生まれだかんねー」

「良いか。われわれ弱い生き物は、とても人間には太刀打ちできん。どうしても追い出すというのなら追い出せ。しかし、その前に我々の要求を聞いて貰おうではないか。やるべきことをやってから行動に移すのが常識。オラたちが作った条文を安倍総理に渡し、長崎県に実践させよう」

「じゃ、みんなに披露して意見を聞こうよ」。トンボが促した。

「良いか、読むぞ。第1条【漏水修繕】建設に着手する前、まず漏水を完全に修理すること。何万トンもの漏水をほったらかして先にダムを造るなんぞ、佐世保市は言語道断じゃ。一日の漏水量で、何世帯分の水が賄えるか、計算させるのじゃ。第2条【近隣自治体からの協力や企業の支援確認】50年に1度という佐世保市の水不足解消のため、わざわざダムを造るのは愚の骨頂。もし足りない状態に陥れば、大村市や平戸市、有田町等から、臨時に給水して貰えば充分に事足りる。これら近隣自治体に、いざという時のため給水依頼の確認をしておき、拒否された場合にダム建設構想を進めさせる考え方だ。さらに佐世保市には、ハウステンボスというテーマパークがあり、この巨大施設は海水を真水に変える装置も備えている。ここにも同様に借用窺いを立てておくこと。第3条【水道水での洗車を禁ず】我々の住処を奪ってまで利水が必要というのなら、一歩譲ろう。然し、洗車は絶対に認めない。生き物の生命をこの世から消滅させ、車を磨く行為を優先してはならぬ。洗車はタンクに溜めた雨水を使うこと。第4条【風呂水の節約】特に独身者の場合であるが、湯船に溜めた水は最低3日使うこと。自分自身の体から出た垢である。汚くはない。その昔、『もらい湯』という習慣があった。家の改築・増築中で自宅の風呂場が使えない場合、近所の風呂を拝借する制度だ。入浴は、持ち主家族が使用した後になり、やむを得ず垢や汚れが浮いた風呂に漬かることになるが、銭湯が近くにない地域では重宝したものだ。汚いなどと吐《ぬ》かす者は、銭湯や大衆浴場を否定する輩《やから》であり、最早《もはや》日本人扱いをせぬこと。言うまでもないが、家族で使用する場合においても、一人一人使用した後の入れ替えなど論外。第5条【手漕ぎポンプの設置】今日日《きょうび》の日本。蛇口を捻れば、きれいな水がほしいだけ汲める便利さに慣れ、水の貴重さを知らぬ若者が増えている。アフリカでは、地雷原の端を通り、バケツ代わりの石油缶を二つぶら下げ、数百メートル先の川まで、水を汲みに歩く部族の子どもたちがいるのだ。しかも水質は悪く、牛が水浴びする川。水の有難さを、身をもって教えるために、佐世保市は井戸を掘り、手漕ぎポンプを数台設置し、大人も子どもも身体全体を使って汲むしんどさを体験させるシステムを、条例で定める。どうじゃ、この誓文。安倍総理に届けようではないか」

「さすがは亀の甲。よくまとめとるが、総理官邸では受理されても、安倍さんが賛成してくれる可能性は低いよ」

「それなら、元総理の小泉さんにも頼もう」

「埒《らち》が明かなかったら？」

「皇居に出向き、天皇陛下にお願いする」

「天皇は、行政にタッチしない決まりがあるんだよ」

「そんなことはない。ずっと昔、日本を代表するオーケストラ、日本フィルハーモニー管弦楽団が経営危機に陥り、解散を余儀なくされかけた時、指揮者の小澤征爾さんが、『陛下、日フィルをお助けください』。皇居に向ってお辞儀する写真を見たぞ。日フィルは現在、元気に活動しておるから、効果はあったんじゃろ」

「カメばあさんには敵《かな》わんな」

サンショウウオが突然叫んだ。

「！　思い出した。ばあさん、こないだテレビで観たが、東大坂市の中小企業が、脈動流を起こす仕組みを利用した節水ノズルを考案したそうだ。約90％の水道使用量をカットできて、確か「バブル90」と紹介していた。値段は少々高いが、充分に元は取れるそうだ。これも佐世保市に付けさせろ・・・」

獣たちの議論は続いたが、三郎が頃合いを見て子どもたちに指示を出した。

「時間だ。そろそろ出よう」

【識字率の低い町・間違いを正さぬ町、川棚町】

洞窟の外に出た一団の表情は、一様に険しかった。子どもたちが口々に発言した。

「深刻な問題だなぁ」「住処《すみか》を奪われるのは人間だけじゃないんだね」「考えさせられる・・・」「ぼく・・・・今夜からお風呂は一日おきにする・・・」

唇を噛み、暗い表情で涙ぐむ女子が呟いた。

「最近、日本に災害が頻繁に発生するようになったのは、平気で地形を壊す人間たち、資源を粗末にする日本人に、神様が罰を与えているんじゃないかしら・・」

「それは確かに言える。神様には、むやみに公共事業をやりたがる、県庁や市役所に直接怒りの矛先を向けさせ、一般国民への攻撃はやめて、と願いたいところだが、そうはいかない。神様は全ての国民に罰を与えるのだ。被災地域にしてもそう。天災の被害地は、決して一カ所ではなく日本列島全体に広がっている。長いスパンで、全国平等にお灸を据えているのが判るはずだ。神様はこれからも天罰を下すだろう。「日本人よ、いい加減に目を覚ませ」となる。長い物には巻かれておけ、お役所のやることだからと、黙認するのは賛成していることと同じ。こう警鐘を鳴らしていると捉えるべきだね」

「これからの僕たちに、未来はあるのかな。心配になってきた・・・」

「人口転出超過率が全国一位の長崎市は、黄色い信号が点滅しかけている。そして・・・」

「そして？」

「この川棚町にも未来は無い。教養とモラルが劣化し始めている」

「どういうことですか？」

「一例が、この石木ダム問題。川棚町民を代表するはずの町会議員が、挙《こぞ》ってダム賛成派に回っている。不要だと頭では分かっているくせに、ダムを観光の目玉にしようと目論む議員がいれば、住む場所に困るのならともかく、住むところを提供してくれるのだから、さっさと土地を明け渡せばいい。公言する議員もいる。居住地が確保されるのなら、無駄なダムを造っても良い、という間違った発想。こんな議員がいる町、こんな議員に票を投じた川棚町民はどうかしている」

「僕のおじさんも川棚に住んでいます」

「何か、この問題で話をしているかい？」

「あまり、喋りたがりません」

「頬《ほお》かむりする、そういう姿勢が良くないのだ」

「・・・」

「以前、こんな事があった。明け渡しを拒む地権者が、川棚町のダム構想に反対してくれと、集団で役場へ陳情に出向いた。だが賛成派だった前町長の返事は、『もう・・・よろしいじゃないですか』と、申し出を一蹴。要するに、『随分長期間、ねばってらっしゃいますが、もう、そろそろ諦めましょうよ』。引導を渡そうとした」

「徹底して、行政と公共工事を、切り離して考えないのですね」

「ある時、建設反対署名簿に、川棚町職員の名前が数名あると判明した。それを知った前町長は、あろうことか、その職員たちを個別に叱責した。これを新聞社が記事にした」

「そこまで、やるか」

「そこまで、やったのだ。前町長はバツが悪かったのだろう、釈明に追われた。『注意しただけだ、とね』。よく考えれば、注意する必要などない。地方公務員も地元住民の一人だからして、堂々と反対する権利はある。だが前町長は、町として決めた方針に、個人の立場で異論を唱えるのを許さなかったことになる」

「して良いことと、良くないことの区別が付かないのかな。職員も困るでしょう」

「職員も似たようなものだ。ある人物から聞いた話だが」

「・・・・」

「川棚町に移住して23年になる、三川さんという人。この人は道楽で作家をしているが、役場の対応を嘆いていた。出版が縁で広報担当とメールのやり取りをするうち、三川さんがある相談を持ち掛けると、返事がないまま、プッツンと連絡が途絶えたという。・・・もう一例紹介しよう。数年後、町がワークショップなるプロジェクトを立ち上げ、一般町民から参加者を公募した」

「ワークショップって?」

「町内にある、休眠スペースや空いた店舗等を活用し、町おこしに役立てようという趣旨の集まりだ。これに参加した三川さんは、お開きになった後自宅に戻り、時間をかけて様々な使い道を立案し、Eメールで担当者に送信した。採用するか否かは別にして、『受領しました。参考にします』の返信ぐらいくれるだろうと待ったのに、全く返事が届かなかった。前例もあり、役所ってこういうものなのだ、と諦めたそうだ」

「それで」

「数カ月後、駅前で就労中の女性職員を見かけて声をかけると、メールの件に触れ、『ご意見は判るんですけど・・・』と釈明したという。メール着信後、すぐに『有難う御座いました』。感謝の言葉ひとつ返さない役場の対応に、改めて失望した、と話していた」

「町民の声を大切にしていないんだね」

「そういうことになる・・・あっ、そうだ！　君たちに見せたい物がある。一緒に考えてほしい。いいかな？　行くよ。どっどど　どどうど」

「どどうど　どどう」

町内なので、あっという間に着いた場所はＪＲの駅だった。

初参加した友だちの一人がガッカリした。

「なんだ、小串郷駅か。ここなら何度も来たよ。もっと遠くへ行きたかったのに・・・」

「ならば、入口の横に立てた案内板を読んだことがあるかな?」

一行は駅舎入口に近付いた。

「あることは知ってたけど、読んでいません。でも、大体書いてあることは分かります」

「じゃ、改めて読んでごらん。判らないところはわしが教えるから」

一行は案内板に顔を近付け、各自黙読した。

「さあ、感想を聞かせておくれ」

「意味は判ります」「戦争と駅の歴史が書かれてある」「難しい」「特攻隊のこと・・・」

「じゃ、解説文として、おかしな使い方をしているところは無いかな？」

「文章の終わりが、句点『。』でなく、読点『、』（カンマ）で終わっています」「文字と文字の間が一字分空白です」「同じ言葉が何度も使われているみたい」

「ふむ、他には？　ゴーシュ君はどうだ」

「書き上げた作文を、誰も見直していないみたいです」

「よく気付いた。原文を書いた人は気付かなくても、添削する人がチェックしていない様子が窺える」

「新聞記者が書いた記事を、編集者が目を通さないまま、印刷に回したようなもの」

「君たち中学生は、３カ所ぐらいしかおかしい点を発見できないだろうが、普通の大人なら、平均して５〜６カ所は誤りを指摘するだろう。作家の三川さんは10

カ所以上、見つけたらしい」

「そんなにミスばっかり？」

「三川さんは早速、裏板に明記された建立関係者の住所を調べ、郵便で教えてあげた」

「三川さんは親切な人ですね。で、返事はあったのですか？」

「全く、返事なし。おそらく建立者は、余計なお世話だと思ったのだろう」

「返事を出すのが面倒だったのでしょう」

「三川さんは思った。既に駅の利用者で指摘した人がいたかもしれないと、ね」

「きっと、いたはずです。てか、駅界隈《かいわい》の住民たちは、気付かないのでしょうか？

気付いても指摘しなかったのでしょうか？」

「そう思うのが自然だよね。誰も読まないのなら、案内板を設置した意味がなく、役に立っていない証拠。気付かないのなら、識字率が低い人しか周辺に住んでいないことの証明になり、近隣住民として恥ずかしい。気付いて指摘しないのなら、それはそれで情けない。社会性の低さを露呈しているようなものだから・・・」

「大人って、いい加減ですね。これじゃ、子どもに意見できない」

「三川さんも合点がいかない。設置されて5年も経つのに、一向に改める気配がないのはどうしてだろう。案内板を作り換えるのに予算がないからか、他人の忠告を嫌う傲慢な人なのかと想像し、しばらく放っておくことにした」

「川棚町には県立高があるのだから、国語の先生に確かめてもらう方法もある・・・」

「ついに一年経過してもそのまま。呆れて、もう一度裏面を確認した。すると・・・」

「何か見つけたのですね」

「建立関係者の中に、川棚町観光協会の名前があった」

「町が認めたか、一緒になって設置した訳ですね」

「客観的には、そういうことになる。三川さんは町に相談することにした」

「三川さんも、ハンパない」

「三川さんが向かった先は、町の教育委員会」

「教育委員会？」

「ここが、より相応《ふさわ》しいと三川さんは考えたのだ。青少年に、より直結しているからね」

「・・・」

「つまり、この駅から県立高生が多く電車通学している。卒業し、社会へ働きに出れば、出張報告書やプレゼンで、文書を書く機会が増える。進学する者だって当然、レポートや論文で書く機会が増えることに変わりはない。そんな高校生たちに、間違った日本語をこれ見よがしに、しかも駅の入口に堂々と表示することは、反面教師を1人立たせているのと同じこと。地元自治体として平気ですか、気になりませんか、と注意喚起したのだ」

「なーるほど」「さーすが！」

「責任者の1人が話を聞いてくれた。パソコンで作成した原文を見せると、確かにおかしな文章だと認めた。その建立者と言うのは元町議で、現在は地区総代を務める有力者。近々総代会議で顔を合わせるから、意思を伝えましょうと約束した。連絡を期待したが、よほど町民とコンタクトを取るのが嫌いな町と見えて、先方からは何も言って来ず、ひと月経って、こちらから塩梅《あんばい》を聞きに行ったところ・・・」

「回答が気になりますね」

「責任者が言うに、案内板は元町議が自費で建てた。指摘の手紙が届いたのは知っていたが、案内板を作り換えるには5～6万円の費用がかかるので、放っておくつもりとコメントしたらしい」

「役場が負担してあげればいい。それくらいのお金はあるでしょう」

「役場としても、町が負担したのではないから、これ以上何もできないとの回答だった」

「しかし、川棚町観光協会の名前が書いてあれば、町も一緒になって造ったのだと、誰しも思うでしょう。客観的に捉えれば、気付かない町の職員に大卒さえおらず、識字率の低いぼんくらばかり採用していると、宣伝しているようなもので、みっともない」

「その通り。総代が自らの家計のルーツを自慢したくて、自費で自ら所有する敷地内に建てたというのなら、どんなに幼稚な文章でも、誤った内容を書こうとも、口出しはできない。だが町の所有地であり、大勢の利用者がいるＪＲの駅で、況《ま》して目立つ位置に、間違った日本語を表記し、町の公認というのは、無神経を通り越し無頓着だ」

「そう言われれば、確かにそう・・・」

「数カ月経ち、国道沿いに、地元・大崎半島を宣伝する大看板が建てられた。少なくとも、ン百万はかかっただろう。観光用には気前よく税金を使うのに、間違った案内板の修正に使う、５～６万円は惜しいと見える。未来が無い町という意味が分かるだろう」

「これが役場の実体」

「納得できない三川さんは、とうとう観光協会長に直談判した」

「ハンパじゃないね、三川さんは。なかなかやるー」

「協会長は、即座に三川さんの意見に同調し、総代に改めて掛け合った。今度は期待できそうにみえたが、またしても躱《かわ》された」

「やっぱり、ダメか」。周りが一斉に溜息をついた。

「協会長の話では、この総代は人間性に問題があり、人の意見に耳を貸さない人らしい。

そこが判れば、誤記を指摘されてもお礼ひとつ言わなかった理由が頷ける」

「そんな人が、よく町議をやれましたね。よく総代が勤まりますね」

「全くだ。正直なところ、去年に地区の人たちからも、いい加減に隠居しろ、もう総代は他の人にやらせろ。ブーイングを浴びたが、いいや、わしがやる。譲らず、総代を続けたらしい。たかが元町議ひとりに手を焼くようでは、地域郷民もたいしたことはない」

「町議って、そんなに偉いの？」

「単なる町民の代表だ。尤《もっと》も、本人は実力者のつもりなのだろう。政府で大臣を務めたとでも言うのなら、自慢にはなるだろうが・・・」

「今日のお話は、おかしな町議に始まり、おかしな元町議で終わるのですね」

「いいや、最後にもう一カ所ある。良いか、・・・どっどど　どどうど」

「どどうど　どどう」

一行が着いたのは、川棚警察署がある交差点だった。

「ここには何があるのですか？」

「パソコンやスマホを扱い始めた、君らにはもう分かると思う・・・」

「僕たちはメールをやってますよ」

「ここは百津《ももづ》の交差点だ。信号にアルファベットで書かれた文字をごらん。何か気が付かないか」

「・・・・」

「一字ずつ読んでごらん」

「あー分かった。MOMOZUになってる。正しくはMOMODUですよね」

「そうだ。ローマ字変換できる者なら判る」

「三郎さんが見つけたのですか？」

「いや、最初に気が付いたのは、三川さんだ」

「三川さんって、凄い。何でも見つけちゃう。観察力抜群ですね」

「一年経っても修正されないのを見て、三川さんはやはり思った。この町の住民は、いよいよ字が読めない人ばかりだと」

「ホントだね」

「ある時、自宅巡回に来た交番勤務のおまわりさんに、思い切って尋ねた」

「・・・・」

「全く知らなかったらしい。スペルはZUでなく、DUが正しいと、その場で認めた」

「今度は大丈夫みたい・・・」

「ところが、ひと月経っても変化なし」

「ダメだったか・・・」

「その後、同じおまわりさんが、今度は別の用事でまた来た」

「・・・」

「三川さんが再び確認を求めると、報告しておく、とだけ答えた」

「さあ、今度はどうかな?」

「とうとう半年経っても修正されなかった」

「よっぽど、仕事をしたくないんですね」

「暫くして、公安委員会に用事があった三川さんは、川棚署を訪れ、窓口にいた交通課の職員に質《ただ》した。交番勤務のおまわりさんから、相談か報告を受けていませんかと」

「・・・」

「全く、誤表記の件は知らなかった。そこで、三川さんは提案した。それではご自分の目で確かめてください。今すぐとは言いません。昼食を買いに行く時で結構。外出しなければ、仕事を終えて帰宅する時でも構いません。直接見てくださいとね」

「そこまで言えば、今度は確実でしょう。でも・・もしかして・・・また」

「一年経ってもそのまま。事件に直接関係ないことは、極力タッチしない決まりなのだ。これが川棚町の実体。識字率が低下する一方の、未来がない町だ」

「その未来のない町に、無駄なダムが作られようとしている・・・」

「そう、強制代執行という卑劣な手段で。今秋には郷民と野盗の死闘が始まるだろう。映画『七人の侍』さながら、沢山の死傷者が出るのは避けられない」

「七人のサムライ？」

「古い日本映画だけど、見どころがいっぱいで、名作に数えられている作品だ。

一度鑑賞してごらん。レンタルビデオ店にＤＶＤが常時揃えてあるから」

「確か、西部劇『荒野の七人』にリメイクされた・・・」

「その通り。原点に返り、じっくり観るのも良いと思う」

「三郎さんお勧めのハイライトを教えてください」

「そうだな。やはり野盗を全滅させ、百姓たちが勝利を収めるラストシーンに感動した。ようやく安心して耕作できる平和が村に訪れた。女たちはこぼれんばかりの笑顔で田植え唄を歌い、列を成して水田に苗を植え、男たちが笛や太鼓を鳴らしてはしゃぐ表情を眺めながら、侍のリーダー・勘兵衛が洩らした台詞だ。『・・・負け戦だったな』。生き残った仲間に語りかけると、意味の判らぬ仲間が怪訝な顔を向けた。勝利を否定するように『いや、勝ったのはあの百姓たちだ。わしたちではない』。説得し、戦いで命を亡くした仲間たちの墓に視線を向ける場面に、この映画の狙いを感じた」

「今日、レンタルして来ようと思います」

「ならばもう一点、見どころを教えてあげよう。野盗の襲撃に備え、砦を固めている最中、一部の村人が勝手な振る舞いをしようとした時、怒った勘兵衛が刀を抜き、諌めた台詞だ。『人を守ってこそ、自分が守れる。おのれの事ばかり考える奴は、おのれを滅ぼす奴だ』。これは石木ダム問題に対し、どっちつかずで、知らぬ顔の半兵衛を決め込む無関心層に告げたい。地元の川棚町民は勿論のこと、佐世保市民、長崎県民、全日本国民にも言えることだが、国の暴挙を見て見ぬ振りをする行為は、自然破壊の容認に繋がり、必ず痛い反動を受ける。『ダムは水を溜めておくもの。水は生き物にとって大切な物だから、沢山貯水しておいて損はないだろう』。こんな考えは、絶対に間違いだ。気が付いてからでは遅い。わしはつくづく思う。くどいようだが、今の役所が昔の様に、『金がないから、できぬ』で済む時代であれば、どんなに国民は幸せだろうと・・・」

「本当の幸せって、便利で何不自由ない生活を送ることではなく、最低限の生活の中で、いつも社会に目を向け、恩赦の日々を感じること・・・」。ゴーシュがしみじみ呟いた。

「正にその通り。人間が束になっても神様には敵わないように、自然界に対し人間は絶対に勝てない。たとえ東大出のエリートが１００人、知恵を絞って対抗しようとも、だ。自然の驚異というやつはとてつもなく恐ろしく、想像を遥かに超えて人間に襲いかかる」

「・・・」

「それでも役人たちは、あくまで面子と体裁にこだわり、強制代執行という大義名分の基、機動隊を動員し、重機で家屋を潰して郷民を追い出す準備を始めている。『おのれ・・・たかが水飲み百姓の分際で、役人に楯突くと、どういうことになるか、思い知らせてやる・・・』。果たして、何人の死傷者を出すだろうか。虚空蔵様が行末を案じているよ」

（了）

参考（引用）文献

○「その時歴史が動いた／百世の安堵をはかれ・安政大地震・奇跡の復興劇」
　ＫＴＣ中央出版
○「秋田の先人と子孫」　渋谷鐵五郎著　ツバサ業出部
○「街道をゆく」より　司馬遼太郎著
○「改訂　新屋郷土誌」日吉神社発行
○「浮羽郡吉井町誌・第一巻」抜粋
○「池上彰のニュース　そうだったのか」２０１６年　８月20日放送
○ＴＢＳ「がっちりマンデー」２０１５年　３月29放送
○西日本新聞　２０１９年　９月８日朝刊
○その他、ウィキペディア

著者履歴

ペンネーム：歌狂人卍（かきょうじんまんじ）本名：遠藤博明

1951年　3月17日　福岡県浮羽町出身　長崎県川棚町在住

出版履歴

・2007年　3月30日

「北斎と歩く『富岳三十六景・短歌の旅』上巻」発行　新風舎刊

・2007年　10月～2009年10月

長崎県大村市・競艇企業局発行の冊子「ターンマーク」にコラム掲載

・2017年　5月10日

短編小説集Ⅰ「華飾と虚飾 芥川賞の結末」発行　櫂歌書房刊

・2018年　3月20日

短編小説集Ⅱ「注文の多い美術館」発行　櫂歌書房刊

「真冬の蜃気楼」「注文の多い美術館」「紅葉とフォーカス」収録

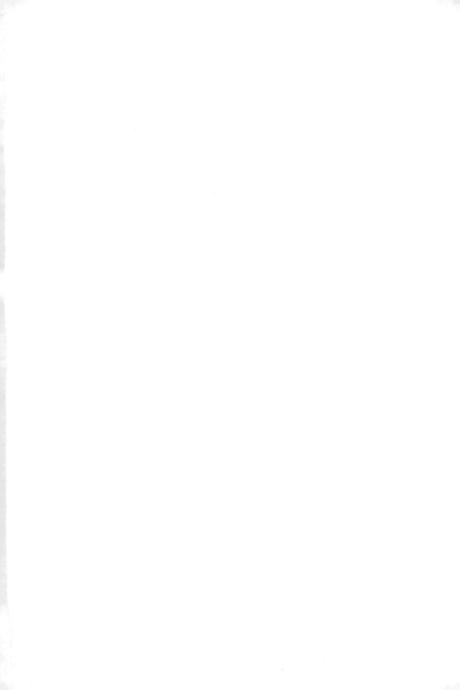

歌狂人 卍　短編集Ⅲ
毒もみの好きな市長さん
ISBN978-4-434-26904-2

2019年 11月 25日　初版第1刷

著　者　歌狂人 卍
発行者　東　保司

発行所
有限会社　櫂歌書房《とうかしょぼう》
〒811-1365　福岡市南区皿山4丁目14-2
tel 092-511-8111　fax 092-511-6641
e-mail: e@touka.com　http://www.touka.com

発売所　星雲社